dtv
premium

Giuseppe Culicchia

Mein Freund Anselm

Roman

Mit Illustrationen des Autors

Aus dem Italienischen
von Peter Klöss

Deutscher Taschenbuch Verlag

Von Giuseppe Culicchia
sind im Deutschen Taschenbuch Verlag erschienen:
Knapp daneben (12616)
Kommt gut (12617)
Bla Bla Bla (12803)

Deutsche Erstausgabe
November 2002
Deutscher Taschenbuch Verlag GmbH & Co. KG,
München
www.dtv.de

Titel der italienischen Originalausgabe:
›A spasso con Anselmo‹

Umschlagkonzept: Balk & Brumshagen
Umschlagbild: © Matticchio/Storiestrisce
Satz: Fotosatz Reinhard Amann, Aichstetten
Gesetzt aus der Versailles 10,25/14,75˙ (QuarkXPress)
Druck und Bindung: Kösel, Kempten
Gedruckt auf säurefreiem, chlorfrei gebleichtem Papier
Printed in Germany · ISBN 3-423-24335-x

für Babilla

Dank an diesen und jenen
und an Walter, Ada, Pier Vittorio und Papa.

Mein besonderer Dank gilt Gabriele Ferraris
von ›TorinoSette‹,
der Turiner Wochenzeitschrift mit der
täglichen Beilage ›La Stampa‹,
in der Anselm seine ersten Schritte gemacht hat.

… und wenn du lange in einen Ameisenbären blickst, blickt der Ameisenbär auch in dich hinein.

FRIEDRICH NIETZSCHE, ›Apokryphe Fragmente‹

Ferragosto

Ferragosto oder Maria Himmelfahrt ist der einzige Tag in der Woche, ja im Monat, ja sogar im Jahr, an dem mein Ameisenbärenfreund Anselm und ich gemeinsam aus dem Haus gehen. Langsam pendelnd (er behauptet, das habe er von mir gelernt, ich hingegen bin mir sicher, daß ich von ihm beeinflußt worden bin) genießen wir jene Spaziergänge, zu denen es sonst nie kommt, weil er sich nicht hinaustraut.

»Ist dir eigentlich bewußt, wie die Leute auf der Straße mich anglotzen würden?« protestiert er, wenn ich ihn an normalen Tagen dazu überreden will, ein bißchen frische Luft zu schnappen.

Anselm ist sehr schüchtern. Normalerweise setzt er lieber seine Brille auf, schlüpft in die Pantoffeln und liest, anstatt einen Bummel durch die Innenstadt zu machen.

»Ich bin nun mal ein Ameisenbär«, bekennt er, »und deshalb würde ich mich unwohl fühlen.«

Ich gebe zu, daß seine Scheu, sich in der Öffentlichkeit zu zeigen, mich ab und an ein wenig ärgert.

»Anselm«, sage ich zu ihm, »dieses eine Mal pfeif doch drauf und laß uns ein Eis essen gehen. Schließlich bist du ein wohlerzogener und sympathischer Ameisenbär. Du sprichst vier Sprachen und hast Philosophie studiert. Und in deinem ganzen Leben hast du noch nie etwas getan, dessen du dich schämen müßtest.«

Aber es hat keinen Sinn, ihn zu drängen. Aussichtslos.

»Ich warte auf *Ferragosto*«, erwidert er nur jedesmal.

Dann endlich ist *Ferragosto* da. Und auch wenn er auf jede erdenkliche Art versucht, es zu überspielen, wird Anselm bei der Vorstellung, die Nase aus der Tür zu strecken, aufgeregt wie ein kleines Kind. Allein um sich zu waschen, zu kämmen, zu parfümieren und im Kleiderschrank das Passende zum Anziehen auszuwählen, benötigt er im Schnitt nicht weniger als sechs Stunden. Jahr für Jahr höre ich, wie er um vier Uhr nachts aufsteht, damit er um zehn fertig ist. Bevor er dann die Treppe hinunterstürmt, kontrolliert er vor dem Spiegel im Badezimmer wieder und wieder, ob das Hemd zur Jacke paßt und ob die Strümpfe farblich auf die Krawatte abgestimmt sind. Was die Hose betrifft, so schafft er es trotz aller Anstrengungen nicht, hineinzuschlüpfen. Aber schließlich ist er ein Ameisenbär, und deshalb ist das eigentlich auch gar nicht schlimm. Jedenfalls verlassen wir um zehn das Haus. Und da es *Ferragosto* und kein Mensch auf der Straße zu sehen ist, fühlt Anselm sich pudelwohl. Die Vorderpfoten auf dem Rücken, pfeift er glücklich vor sich hin und macht sich einen Spaß daraus, vorbeifliegende Tauben mit seiner Zunge niederzusicheln (Tauben findet er nämlich unausstehlich: »Ich halte diese Tiere für ausgesprochen schmutzig und schlecht erzogen«, meint er. »Oder hast du schon mal einen Ameisenbären gesehen, der jemandem auf den Kopf kackt?«).

Gemeinsam schlendern wir über Straßen und Plätze. Dann, gegen Mittag, setzen wir uns wie an jedem *Ferragosto* auf eine Bank im Park und machen Mittag. Ich mit zwei oder drei Brötchen. Er mit zwei- oder dreitausend Ameisen. In dieser Gegend, schwört mein Freund, finde man die besten der ganzen Stadt.

Man geht aus dem Haus

Es war ein hartes Stück Arbeit, aber schließlich habe ich ihn überzeugt. Nach endlosen Diskussionen hat Anselm (der Ameisenbär, mit dem ich seit zehn Jahren eine Vierzig-Quadratmeter-Wohnung teile, wo im Wohnzimmer die Schlafzimmer integriert sind, diese dann die Küche beinhalten, in der man wiederum das Arbeitszimmer findet, wobei das Ganze schließlich im Bad untergebracht ist) mich ermächtigt, euch von ihm und mir zu erzählen. Kurz gesagt, von uns. Früher wußten nur wenige von unserer Freundschaft. Dann habe ich den Artikel über unseren traditionellen *Ferragosto*-Spaziergang geschrieben, den ihr gerade gelesen habt, und natürlich habe ich ihn auch Anselm gezeigt. Er war daraufhin eingeschnappt und hat tagelang beim Frühstück, Mittag- und Abendessen geschmollt. Ein Ameisenbär, der mit einem schmollt, läßt einen nicht kalt, glaubt mir. Und weil er so niedergeschlagen war (er ging nicht mal mehr zwischen den Pflanzen im Wohnzimmer oder auf den beiden Balkonen Ameisen jagen, sondern blieb die ganze Zeit im Schlafanzug und wusch sich auch nicht mehr ordentlich, dabei ist er doch ein Hygienefanatiker, der, wenn's nach ihm ginge, sein ganzes Leben unter der Dusche verbrächte), fühlte ich mich richtig schuldig. Deshalb wartete ich neulich abends, bis er, in seinem Ikea-Schaukelstuhl vor dem Fernseher hockend, ›Emergency Room‹ zu Ende gesehen hatte, und sprach ihn an.

»Anselm, wir kennen uns jetzt schon seit zehn Jahren, und seit zehn Jahren gehst du nicht aus dem Haus, weil du überzeugt bist, daß alle auf der Straße dich anglotzen würden. Aber jetzt, da ich beschrieben habe, wie wir *Ferragosto* verbringen, wissen die Leute sowieso, daß es dich gibt. Warum nutzt du nicht die Gelegenheit und führst von nun an ein normales Leben?«

Er spielte weiter mit der Fernbedienung und sagte kein Wort. Man sah deutlich, daß er noch immer beleidigt war wegen meines »Verrats«, wie er es sah.

»Ich meine, wenn man es recht bedenkt: Was ist so komisch daran, ein Ameisenbär zu sein?« fragte ich ihn.

Daraufhin er: »Nichts.«

Wenn er schlechte Laune hat, ist Anselm immer ein bißchen lakonisch.

»Und was ist komisch daran, daß du und ich zusammenleben?« bohrte ich weiter.

»Nichts«, antwortete er erneut.

»Dann verstehe ich nicht, was so schwierig daran ist, nicht nur dann aus dem Haus zu gehen, wenn die Stadt leer ist und du deshalb weniger gehemmt bist, sondern mich in den Supermarkt oder zum Bäcker oder ab und zu mal abends in eine Bar zu begleiten, um einen Aperitif zu nehmen.«

Da brach es aus ihm heraus: »Du hast leicht reden. Du läufst ja auch mit einer Hose durch die Gegend. Du weißt ganz genau, daß ich zwar Hemd, Sakko und Krawatte anziehen kann, aber die Hose einfach nicht passen will.«

Nun müßt ihr wissen, daß die Sache mit der Hose eine lange Vorgeschichte hat. Anselm würde sterben für ein Paar Bluejeans, und er besitzt sogar mehrere davon, aber er paßt beim besten Willen nicht hinein. Da er sich stets geweigert hat, außer an *Ferragosto* das Haus zu verlassen, konnten wir auch nie gemeinsam in ein Geschäft gehen, damit er sie vorher anprobierte. Statt dessen muß jedesmal ich allein ihm eine kaufen, und wenn die Verkäuferinnen oder Verkäufer mich fragen, für wen sie sei, weiß ich nie so recht, was ich antworten soll. Schließlich komme ich nicht umhin, mit der Wahrheit rauszurücken.

»Ach, wissen Sie, sie ist für einen Ameisenbären, aber die Beine scheinen mir etwas eng, und der Schritt setzt zu hoch an.«

Da auf diese Antwort betretenes Schweigen folgt, versuche ich, die Sache herunterzuspielen.

»Na«, sage ich, »es gibt schließlich auch Mäntelchen für Hunde.«

Doch erreiche ich nicht viel damit. Sie mustern mich weiterhin mit beunruhigter Miene.

Neulich abend jedenfalls machte ich Anselm zum hundertsten Mal darauf aufmerksam, daß er die Sache mit der Hose meiner Meinung nach hauptsächlich als Ausrede vorschiebt.

»Von wegen Ausrede, ich möchte dich mal sehen, wenn du von der Taille abwärts unbekleidet über die Straße laufen müßtest.«

»Aber ich bin doch kein Ameisenbär, Anselm«, erwiderte ich. »Und außerdem, überleg mal: Wenn du deine Spielart der Unsicherheit überwinden würdest, könntest du dich für einen Deutschkurs am Goethe-Institut einschreiben.«

»Meinst du?« Er lächelte mich hoffnungsvoll an.

»Na klar. War es nicht schon immer dein Wunsch, Deutsch zu lernen, um dir einen deutschen Schäferhund kaufen zu können und auf Taubenjagd zu gehen?«

Eine Weile schaukelte er in seinem Ikea-Stuhl hin und her und bedachte das Für und Wider. Dann sah ich, wie er aufstand, zu den Pflanzen ging und die Töpfe nach Ameisen absuchte. Seine Stimmung begann sich zu bessern.

»Einverstanden. Ich verspreche dir, daß ich ab nächster Woche aus dem Haus gehe. Und du kannst schreiben, was du willst, Hauptsache du begleitest mich zur Anmeldung.«

Anschließend vertilgte er ein gutes Hundert Ameisen und legte sich mit einem leichten Rülpsen schlafen.

Johann Wolfgang von Goethe

Daß Anselm sich wirklich dazu entschlossen hatte, aus dem Haus zu gehen, begriff ich, als ich ihn um drei Uhr morgens aufstehen und die CD mit der Titelmelodie von ›Heidi‹ auflegen hörte. Zu großen Anlässen hört Anselm immer die Titelmelodie von ›Heidi‹. Er pfeift sie auch unter der Dusche. Und sogar wenn er sich mit dem Fön die Nase trocknet.

»Wir Ameisenbären beten Heidi an«, behauptet er.

Ich hatte ihn darauf aufmerksam gemacht, daß wir nicht vor neun zum Goethe-Institut aufbrechen würden, aber sechs Stunden Vorlauf sind das absolute Minimum. Sonst hat er keine Ruhe. In seinem Zimmer, das ahnte man, wurden Massen von Hemden, Krawatten und Jakken aus dem Kleiderschrank gezogen und wieder hineingestopft. Anselm liebt es, das Hemd auf die Krawatte und die Krawatte aufs Sakko abzustimmen, obwohl das Ergebnis nicht selten ist, daß Sakko und Hemd ganz und gar nicht zueinander passen. Doch in diesem Fall ziehe ich es vor, ihn nicht darauf hinzuweisen, um ihn nicht zu kränken und zu verhindern, daß er den ganzen Tag schmollt. Jedenfalls war er um neun abmarschbereit und erwartete mich an der Tür: auch ohne Hose höchst elegant und ein klein wenig nervös (wenn Anselm nervös ist, sieht man es gleich: Auf der Jagd nach Tauben sichelt dann seine Zunge nach rechts und links).

»Können wir?« fragte ich ihn.

Mit der Zunge köpfte er gerade einen Ficus.

»Wir können«, murmelte er im Bewußtsein seines ökologischen Verbrechens.

Hin- und herpendelnd wie immer stieg er die Treppe hinunter. Dann standen wir auf der Straße. Zum ersten Mal seit zehn Jahren war es nicht der fünfzehnte August. Natürlich hielt er sich dicht an den Hauswänden, die Pfoten auf dem Rücken, das ›Heidi‹-Motiv trällernd und sich so den Anschein gebend, als wäre er ganz ruhig. In Wirklichkeit wußte ich nur zu gut, daß die zahlreichen Passanten ihm Angst einjagten. Doch sie eilten alle nur an uns vorüber und sprachen in ihre Mobiltelefone. Wie ich geahnt hatte, achtete niemand auf den Umstand, daß mein Ameisenbärenfreund ohne Hose aus dem Haus gegangen war.

»Nehmen wir den Bus?« schlug ich vor.

Er schaute mich an und sagte nichts, doch man sah, daß er sich fürchtete. Wenn er Angst hat, läßt er die Ohren bis zum Boden hängen, man kann es gar nicht mißverstehen.

»Also gut«, sagte ich. »Wir fahren mit dem Wagen.«

In zehn Minuten waren wir im Zentrum. Ein selbsternannter Parkwächter wies uns ein, und wir parkten genau vor dem Goethe-Institut. Er hielt Anselm sogar die Tür auf.

»Stets zu Diensten, Herr Doktor«, rief er aus.

Anselm reichte ihm sofort einen Geldschein. Er ist sehr

sensibel, was Komplimente angeht, egal von wem sie kommen. Dann traten wir unter die Arkaden. Beide pendelnd. In Gesellschaft eines Ameisenbärs lernst du echt pendeln, dachte ich bei mir.

Im Sekretariat des Goethe-Instituts empfing uns ein Sekretär.

»Guten Tag«, sagte ich und schüttelte ihm die Hand. »Darf ich vorstellen: Mein lieber Freund Anselm hier möchte einen Deutschkurs belegen, damit er sich hinterher einen deutschen Schäferhund kaufen kann. Er möchte nämlich auf Taubenjagd gehen, das ist ein altes Hobby von ihm.«

»Ach so, gut, sehr gut, das ehrt uns. Wissen Sie, seit Pitbulls in Mode gekommen sind, wollen alle nur noch Englisch lernen. Wirklich katastrophal für uns. Würden Sie bitte dieses simple Formular ausfüllen, Herr Anselm?«

Der Sekretär hielt ihm gut dreißig Blätter unter die Nase. Herr Anselm warf mir einen Blick zu, ganz offensichtlich verlegen. Seinen Klauen bereitet es einige Mühe, Stifte und ähnliches zu hand- beziehungsweise pfothaben.

»Du müßtest mir vielleicht ein klein wenig Hilfestellung geben«, flüsterte er mir zu.

»Könnte vielleicht ich das Formular für meinen Freund ausfüllen? Wegen der Klauen, wissen Sie«, fragte ich den Sekretär.

»Da muß ich erst in den Vorschriften nachsehen«, brummte der und holte unter dem Schreibtisch ein riesiges, in Leder gebundenes Buch hervor. Rund eine Stunde später schloß er den Wälzer und legte ihn zurück.

»Tut mir leid, aber Herr Anselm muß es allein tun. Unter

dem Stichwort ›Formulare, Ausfüllen der‹ steht nichts von Klauen und ›ein klein wenig Hilfestellung geben‹, wie ihr Italiener das so nennt.«

Anselm schoß das Wasser in die Augen. Seit er ›Reich und Schön‹ sieht, kommen ihm ziemlich leicht die Tränen.

»Nur Mut«, sagte ich zu ihm, während ich einen Stift in seine rechte Pfote drückte. »Es hat überhaupt keine Eile, nicht wahr, Herr Sekretär?«

»Nullissima: Ich bleibe hier an meinem Schreibtisch sitzen, bis Herr Anselm mit dem Ausfüllen fertig ist.«

Um Mitternacht weckten wir ihn. Anselm hatte soeben seine Unterschrift unter das letzte Blatt gesetzt.

Manchmal glaube ich, Anselm sieht ein bißchen zuviel fern, schließlich ist er als Ameisenbär noch ziemlich jung und von daher nicht gewohnt, sich den Verführungskünsten der Werbung zu erwehren, so daß er deren leichte Beute zu werden droht – genau wie wir Menschen. Neulich zum Beispiel verließen wir nachmittags das Haus, um die Lehrbücher zu kaufen, die er für seinen Deutschkurs im Goethe-Institut braucht, und auf dem Weg zur Buchhandlung wollte mein Freund auf Teufel komm raus durch eine bestimmte Straße gehen, die einen ziemlichen Umweg bedeutete.

»Doch, doch, doch«, hörte ich ihn murren, während zwei junge Frauen mit hochstehenden Haaren ihn voller Bewunderung anschauten (eine sagte zur anderen: »Boah! Guck mal, die geile Dragqueen da mit dem Fell, das muß der Image-Boy einer Mega-Disko sein«) und ein junger Nordafrikaner ihm eine Maxipackung Papiertaschentücher zu verkaufen versuchte (»Bei deiner Nase kannst du die sicher gebrauchen«).

»Darf man erfahren, warum wir einen Umweg von einem ganzen Häuserblock machen sollen?« fragte ich.

Er zog die Schultern hoch, ohne zu antworten.

»Also, meinetwegen. Erst kaufen wir die Bücher, und dann gehen wir, wohin du willst.«

Das versetzte ihn in derart gute Laune, daß er, als es daranging, an der Kasse der Buchhandlung zu bezahlen, sofort seine Kreditkarte aus der Innentasche der Jacke zog (wie alle Ameisenbären ist Anselm in Geldangelegenheiten ein bißchen knauserig: Das weiß ich, seit wir den Aperitif außer Haus nehmen. Immer wenn die Kellnerin mit der Rechnung kommt, tut er plötzlich völlig unbeteiligt und räkelt sich auf seinem Stuhl, oder er vertieft sich in die Lektüre der Zeitung, oder er tut so, als würde er ein paar Tische weiter jemanden grüßen, den er nicht kennt, und manchmal steht er sogar auf und schließt sich in der Toilette ein).

Als wir schließlich trotz der Studentenhorde, die auf der Jagd nach Geschichts- und Geometrielehrbüchern war, wundersamerweise unversehrt wieder auf der Piazza standen, packte Anselm mich seltsam erregt am Arm und zerrte mich weiter, vorbei an einem Blumenladen und einem Schuhgeschäft. Vor den Schaufenstern von Levi's blieb er stehen. Na ja, *stehen* ist vielleicht nicht der richtige Ausdruck, denn er hüpfte wie ein Irrer, die Nase in der Luft, zum Ausdruck größter Glückseligkeit.

»Und was jetzt?« fragte ich. »Was ist los? Sag mir nicht, du willst noch eine Bluejeans, in die du dann doch nicht hineinpaßt.«

»Nein, nein und nochmals nein«, erwiderte er. »Ich will keine Bluejeans, ICH WILL IHN, FLAT ERIC!«

Ich betrachtete das Schaufenster. Aus einer gigantischen Tüte schaute eine riesige gelbe Puppe heraus, die exakt so aussah wie in der Werbung. Ich hätte es mir denken können. In letzter Zeit hatte Anselm sämtliche Spots dieser Firma auf Video aufgenommen, und eines Abends hatte er etwas seltsam dahergeredet, daß er sich gern das Fell zitronengelb färben würde (er hatte sogar darauf gedrungen, ich solle ihn zum Friseur begleiten wegen eines Kostenvoranschlags, doch als ich ihm sagte, daß ich mich weigern würde, mit ihm aus dem Haus zu gehen, wenn er sich das Fell gelb färbte, hatte er das Thema gewechselt und war nicht mehr darauf zurückgekommen).

»Aber diese Puppe kann man nicht kaufen«, versuchte ich an seinen Verstand zu appellieren. »Es handelt sich lediglich um Werbematerial.«

Er schnaubte und stampfte mit den Füßen auf.

»ICH WILL IHN ABER, ICH WILL IHN ABER, ICH WILL, ICH WILL, ICH WILL!« quengelte er.

»Anselm, ich kann es kaum glauben. Du sprichst vier Sprachen, du hast Philosophie studiert, du bist am Goethe-Institut angenommen worden und schon eine ganze Weile zwölf Jahre alt, was für einen Ameisenbären ein ganz stattliches Alter ist. Und trotzdem stellst du dich wegen einer albernen gelben Puppe schlimmer an als ein verzogenes Kind.«

»DAS IST KEINE ALBERNE PUPPE! ER IST FAST SO GROSS WIE ICH, ICH WÜRDE ALLES DAFÜR GEBEN, WENN ICH MIT IHM SPIELEN KÖNNTE!« kreischte er.

»Einverstanden. Es ist dein Geld. Geh rein und frag.«

»Kommst du nicht mit?«

»Nein, ich komme nicht mit.«

Ich kannte ihn ja und dachte, er würde aufgeben. Doch

er ging rein. Kurz darauf kam er mit zu Boden hängenden Ohren wieder heraus.

»Er ist nicht so wie du und ich«, erklärte er mir. »Er kann sich nicht bewegen. Ich dachte, wir könnten gemeinsam im Park Skateboard fahren oder hinter einem Ball herrennen.«

Um ihn wieder ein bißchen aufzurichten, spendierte ich ihm ein Kilo Eis.

IM UNTERRICHT

Gestern wollte ich gerade einkaufen gehen, als Anselm von seiner ersten Deutschstunde im Goethe-Institut nach Hause kam. Obwohl er in seinem Matrosenanzug superelegant aussah, machte er keinen besonders fröhlichen Eindruck auf mich.

»Na, wie ist es gelaufen?« fragte ich.

»Och, gut«, antwortete er. »Die Lehrer sind nett, der Unterrichtsraum ist hell, und Deutsch gefällt mir sehr gut. Ich habe schon gelernt, was ›*Io sono Anselm*‹ auf deutsch heißt.«

»Und was heißt es?«

»Ich bin Anselm.«

»Toll!«

»Danke. Aber ich hab's mir anders überlegt. Ich glaube nicht, daß ich weiter Deutsch lernen werde.«

»Warum denn nicht?«

»Darüber möchte ich jetzt nicht sprechen. Später vielleicht.«

»Wie du willst.«

Als ich vom Einkauf zurückkam, saß er da und starrte aus dem Küchenfenster. Er sah traurig aus.

»Nun, Anselm, darf man erfahren, wieso du's dir anders

überlegt hast?« fragte ich ihn, während ich Joghurt und Ameisenmarmelade in den Kühlschrank räumte.

»Hm, also, du weißt ja, warum ich überhaupt Deutsch lernen wollte.«

»Sicher. Du wolltest Deutsch lernen, um dir einen deutschen Schäferhund kaufen und auf Taubenjagd gehen zu können.«

»Genau.«

»Und weiter?«

»Nichts weiter. Als ich heute im Unterricht darüber gesprochen habe, hat die Lehrerin mir erklärt, daß es nicht gestattet ist, auf Taubenjagd zu gehen. Sie sagt, Wachteln, Fasane, Rebhühner und zur Not auch Drosseln darf man zu bestimmten Jahreszeiten jagen, aber keine Tauben.«

»Aha.«

»Nur, Wachteln, Fasane, Rebhühner und Drosseln habe ich doch gern. Denen will ich bestimmt nicht nachstellen, das fehlte noch. Alles, was ich wollte, war, Tauben zu jagen. Aber Tauben sind geschützt.«

Ich schloß den Kühlschrank.

»Ein kniffliges Problem«, gab ich zu.

»Einmal abgesehen davon, daß, wenn man

es recht bedenkt, hier in den vierzig Quadratmetern mit Ach und Krach Platz für uns beide ist. Wo sollten wir da noch den armen Schäferhund unterbringen? Hunde sind nicht wie wir Ameisenbären, die gern in ihre Pantoffeln schlüpfen und die Brille aufsetzen, um zu lesen oder fernzusehen. Sie brauchen eine Menge Platz, sie müssen sich frei fühlen, Auslauf haben. Also ich gehöre bestimmt nicht zu den Leuten, die einen Hund in einer so kleinen Wohnung halten, womöglich noch auf dem Balkon angekettet. Das wäre ja eine Tortur für ihn.«

»Da hast du sicher recht, Anselm.«

»Trotzdem, ich will auch in Zukunft aus dem Haus gehen. Weißt du, du hattest recht. Offenbar nimmt kein Mensch davon Notiz, daß ich ein Ameisenbär bin. Ich glaube, in Wirklichkeit halten mich viele für eine Dame im Pelzmantel. Und außerdem haben es alle ungeheuer eilig, sie nehmen gar nicht wahr, wer neben ihnen geht.«

»Ich bin glücklich über deine Entscheidung.«

Plötzlich merkte ich, daß er beharrlich auf den Kühlschrank starrte.

»Ich kann mir allerdings denken, daß du auch ein bißchen enttäuscht darüber bist, nicht auf Taubenjagd gehen zu können ... Mal sehen: Möchtest du dich vielleicht mit Ameisenmarmelade darüber hinwegtrösten?«

»Wenn das ginge ...«

»Aber klar! Das tun wir Menschen doch auch, was glaubst du denn.«

»Mit Ameisenmarmelade?«

»Nein, mit Nutella.«

IN DER OSTERIA

Wie die meisten von euch habe auch ich immer gedacht, Ameisenbären würden sich ausschließlich von Ameisen ernähren. Dann lernte ich Anselm kennen, und er hat mich eines Besseren belehrt.

»Überleg doch mal«, erklärte er mir eines Abends. »Essen Pferdeknechte nur Pferde? Oder essen Schuster etwa nur Schuhe? Und was müßten Eisenbahner dann statt eines Munds haben? Einen Hochofen?«

Diese Argumentation hatte Hand und Fuß, da gab es nichts zu deuteln. Mit den Jahren, die wir zusammenlebten, fand ich dann heraus, daß Anselm von allen Küchen die sizilianische am meisten schätzt.

»Ich gäbe meine Nase her für einen schönen Teller Pasta mit Sugo und Auberginen ...«, pflegt er zu sagen, was immer er gerade tut, ob er sich nun die Klauen schneidet und feilt oder die Pflanzen im Wohnzimmer gießt (er habe eben einen grünen Daumen, behauptet er, aber wenn er sich unbeobachtet wähnt, saugt er ab und zu – zusch – ein Ameisenvolk ein), um dann hinzuzufügen: »... obwohl, wenn ich wählen müßte zwischen der Pasta und einem schönen Couscous mit Fischsuppe, wie man es in Marsala bekommt ...«

Also habe ich für seinen ersten Restaurantbesuch eine Osteria ausgesucht, die berühmt ist für ihre sizilianischen Spezialitäten. Als ich es Anselm mitteilte, geriet er außer sich vor Freude. Keineswegs zufällig packte er mich und veranstaltete mit mir etwas, was er »den Ameisenbärenreigen« nennt, das heißt eine Demi-volée mit dreifachem Salto mortale um seinen Schwanz. Und natürlich mußte der Osteriabesuch noch am gleichen Abend in die Tat umgesetzt werden.

Als wir im Lokal eintrafen, wurden wir vom Koch und seiner Katze empfangen, die bei Anselms Anblick einen Buckel machte, ihn anfauchte und dann in die Küche sauste, um sich dort von dem Schreck zu erholen. Anselm war ein bißchen irritiert deswegen (er hat Katzen unheimlich gern), doch der Koch erklärte ihm, daß dies definitiv das erste Mal sei, daß ein Ameisenbär seine Osteria besuche.

»Du wirst sehen, beim nächsten Mal wird sie angeschnurrt kommen. Sie ist mir zugelaufen und erschrickt leicht.«

Während wir auf das Essen warteten, machte ich Anselm darauf aufmerksam, wie schön das Lokal eingerichtet war. Das Grammophon neben dem Eingang, der sizilianische Karren auf einer Konsole, die alten Schwarzweißfotografien an den Wänden, das Porzellan im Wandschrank. Als wäre man nicht in einer Osteria, sondern bei jemandem zu Hause. Einem Haus voller Erinnerungen, und doch auch voller Gerüche und Düfte, logisch. Nach einer hinreißenden Pasta mit Sardinen (Anselm winselte: Ich weiß nicht, wo und wie er das gelernt hat, jedenfalls tut er's) und einem Happen Caponata brachte uns ein Kellner zwei dampfende Portionen Schwertfisch »alla ghiotta«. Keiner von uns beiden, weder Anselm noch ich, sprach noch ein Wort. Unser jeweiliger Schlund war viel zu sehr damit beschäftigt, all die Köstlichkeiten zu genießen, um noch einen Pieps von sich geben zu können. Dafür kam der Koch, der ein bißchen plaudern wollte, wieder an unseren Tisch.

»Tja«, sagte er, »wissen Sie, so haben wir bei uns zu Hause den Fisch zubereitet, das Rezept stammt von meiner Mutter. Sie sind zu zweit, aber wie ich sehe, essen Sie für vier. Dazu braucht man 600 Gramm Fisch, Knoblauch, Zwiebeln, 25 Gramm Pinienkerne, noch mal 25 Gramm *Passolina*, wie wir die sizilianischen Rosinen nennen, 30 Gramm Kapern, 50 Gramm Oliven, eine Prise Salz, Pfeffer und Petersilie sowie 500 Gramm reife Tomaten und natürlich extra kaltgepreßtes Olivenöl, am besten das aus Castelvetrano.«

Anselm und ich gaben ein zustimmendes Gewinsel von uns.

»Man brate die Zwiebeln und den Knoblauch in 40 Gramm Öl an«, fuhr der Koch fort, »und wenn sie goldbraun zu werden beginnen, füge man die Pinienkerne hinzu. Sobald alles gut gebräunt ist, gebe man Rosinen, Kapern, Oliven und Tomaten hinzu. Das Ganze lasse man dann eine Viertelstunde bei kleiner Hitze garen.«

Noch mehr Gewinsel.

»Sodann streue man eine große Prise Salz in eine Bratform und lege den Schwertfisch darauf, gebe die fertiggekochte Sauce darüber und bestreue alles mit Petersilie.

Die Form schiebe man dann noch einmal fünfzehn Minuten in den auf 200 Grad vorgeheizten Backofen und serviere das Ganze heiß. Kinderleicht, oder?«

Anselm und ich nickten, und der Koch lächelte uns zufrieden an.

»Darf ich Ihnen noch etwas bringen?«

Wir tunkten gerade die Soße auf. Ich mit Brot, Anselm mit seiner Nase.

»Na gut, wer schweigt, stimmt zu«, schloß unser Freund daraus.

Kurz darauf kam er mit vier Kaktusfeigen, einer Eistorte und zwei Limoneneisbechern aus der Küche zurück. Ich schnallte meinen Gürtel weiter. Anselm, der keine Hose trägt, fragte mich:

»Und was soll ich tun?«

»Hm, du könntest das Dessert überspringen«, antwortete ich.

Umstandslos bemächtigte sich seine Zunge der Eistorte.

»Kommt überhaupt nicht in Frage«, sagte er. »Lieber mache ich ab morgen Diät. Oder wir verschaffen uns ein bißchen Bewegung.«

»Sag bloß, du willst ins Sportstudio?«

»Nein, ich will in die Disko.«

IN DER DISKO

»Und, was ist? Fährst du mich nun oder nicht?«

Ich sah ihn an. Ich gab keine Antwort.

»Also, sag ja oder nein, dann weiß ich wenigstens, woran ich bin. Sonst nehme ich ein Taxi.«

Ich sah ihn noch mal an und schwieg.

»Hast du mir nicht immer gepredigt, ich solle ein normales Leben führen und mich verhalten wie alle anderen auch und aus dem Haus und was weiß ich wohin gehen?«

Tja, da hatte er recht.

»Schon, Anselm, aber ich hätte nie gedacht, daß du in einem derartigen Aufzug in die Disko willst.«

»Was meinst du damit, in einem derartigen Aufzug?«

Anselm stand in einem silbernen Kimono vor mir, die Hinterpfoten steckten in weißen Strümpfen und Sandalen mit Zehenriemen, in der linken Vorderpfote hielt er einen Sonnenschirm, in der rechten einen Fächer mit Blumenmotiven, und dort, wo er seine Wangen wähnte, mit anderen Worten rechts und links der Nase, war die Schnauze rot bekleckst.

»Findest du das nicht ein wenig übertrieben?« fragte ich.

»Wieso? Sehe ich nicht gut aus in meiner Geishaverkleidung?«

»Ich dachte, du würdest dich als Ameisenbär kleiden.«

»Aber ich BIN ein Ameisenbär, ich KLEIDE mich nicht als Ameisenbär. Wenn ich so tanzen ginge wie ich schlafen gehe, hätte die Sache für mich keinen Sinn. Würdest du etwa nackt in ein Nachtlokal gehen?«

»Ehrlich gesagt, nicht mal in ein Taglokal. Aber wenn du unbedingt darauf bestehst, dann laß uns gehen.«

Die ganze Autofahrt über sprachen wir kein Wort. Ich war mit Fahren beschäftigt, er damit, die Nase aus dem Fenster zu strecken. Am Ziel unserer Reise parkte ich den Käfer, und wir steuerten das Nachtlokal an. Wir waren noch nicht drin, da stieß an der Tür schon ein Mädchen ihre Freundinnen an.

»Hey, guckt mal den heißen Typ da.«

Ich drehte mich sofort zu ihr um und setzte mein breitestes Lächeln auf, das allerdings sofort erstarb, als das Mädchen fortfuhr: »Dazu braucht es einen tierischen Groove, wenn man sich erst als Ameisenbär und dann als Geisha verkleidet. Muß toll sein, so 'nen Typen kennenzulernen, vielleicht ist er ja nicht nur trendy, sondern auch noch nett.«

Anselm flog sozusagen auf den Schwingen des ungebremsten Narzißmus (Ameisenbären gehören absolut zu den narzißtischsten Säugetieren auf der Welt, ich weise nur darauf hin, daß Anselm sich auf den Hintern eine Tasche aus Katzenfell hat nähen lassen, damit er nie ohne Kamm und Spiegel unterwegs ist), und mir dämmerte, welchen Verlauf die Nacht nehmen würde. Kaum hatte er eine Pfote auf die Tanzfläche gesetzt, schon verwandelte er sich in einen haarigen John Travolta. Und da er sich zudem gut bewegte, trotz Leibesfülle und Geishakostüm, pirschten sich sofort zwei verdammt sexy Frauen an ihn ran und begannen mit ihm zu tanzen und sich wie entfesselt zu verrenken. Woraufhin ich beschloß, erst einmal das Obergeschoß aufzusuchen, wo sich die Bar befand.

Nach rund einer Stunde Gedränge und Sauna gelang es mir, einen Drink zu ergattern, der sich sofort wieder in Schweiß verwandelte. Und da alle plötzlich über das Geländer auf die Tanzfläche schauten, tat ich es ihnen gleich, und fast hätte mich der Schlag getroffen. Unten, mitten in der Menschenmenge, schienen Anselm und die beiden Tänzerinnen etwas aufs Parkett zu legen, das von oben aussah wie eine Figur aus dem Synchronschwimmen. Trotz Nase, Schwanz, Schirm, Sandalen und Fächer fetzte mein Freund mit einer Gewandtheit und Unbefangenheit über das Parkett, die mir leider nie vergönnt waren. Nicht mal mit achtzehn.

Seine Schüchternheit schien wie weggezaubert.

Anselm im Schwimmbad

Anselm, der jeden Morgen auf nüchternen Magen acht Liter Wasser trinkt. Anselm, der jeden Morgen zum Frühstück nur einen Magerjoghurt ißt. Anselm, der jeden Morgen hundert Runden durch unsere Miniwohnung rennt. Anselm, der jeden Morgen nach dem Laufen Rumpfbeugen macht. Acht Serien à fünfundzwanzig auf drei nebeneinandergelegten Teppichbrücken (auf dem Rücken liegende Ameisenbären beanspruchen beträchtlich Platz). Anfangs dachte ich, er sei urplötzlich zum Leichtathletik-Maniac mutiert. Dann überraschte ich ihn im Bad auf der Waage, als er sich gerade mit einem dieser weißen Maßbänder, die man bei Ikea umsonst bekommt, den Bauchumfang messen wollte. Da schöpfte ich langsam Verdacht.

»Sag bloß, du willst Model werden, wenn du groß bist«, fragte ich ihn, denn ich befürchtete das Schlimmste.

»Nein, aber nächsten Sommer möchte ich ans Meer.«

»Aber es ist doch erst Mitte Oktober, Anselm!«

»Stimmt, aber bis Weihnachten und Silvester ist es nicht mehr lang, und die Pfunde, die du in dieser einen Woche zunimmst, wirst du nie mehr los, das kannst du nicht bestreiten.«

Eine Weile fand ich mich mit seinem Aktionismus aus sportlich-gesundheitlich-narzißtisch-urlaubsmäßigen Motiven ab, aber langsam regte es mich auf, daß er in unserer winzigen Wohnung so regsam war. Deshalb schlug ich ihm als Alternative zur Wohnzimmergymnastik das Schwimmbad vor.

»Ein paar Bahnen im Schwimmbad, und du wirst staunen über die Wirkung.« Ich lächelte ihn an. »Im Nu bist du fit und durchtrainiert wie ein Haifisch.«

»Einverstanden«, antwortete er mir. »Aber nur unter der Bedingung, daß wir in ein städtisches Schwimmbad gehen. Die in den privaten Fitneßclubs kann ich nicht ausstehen.«

»Das verstehe ich nicht, du hast deine Nase doch noch nie in einen privaten Fitneßclub gesteckt.«

»Ich bin mir sicher, daß dort alle schon super in Form und ganz braun sind, und ich habe nicht die Absicht, mich lächerlich zu machen, fett und bleich wie ich bin.«

Ich hätte ihm erklären sollen, daß selbst ein Monat auf den Fidschi-Inseln nicht ausgereicht hätte, um seinen Pelz zu bräunen, doch auf ein Psychodrama von solcher Tragweite war ich nicht vorbereitet, weshalb ich lieber darüber hinwegsah.

Wir gingen also in ein städtisches Schwimmbad. Doch als wir hineinwollten, hielt die Signora an der Kasse uns zurück.

»Hallo Sie, Entschuldigung, aber Ihr Freund kann hier nicht rein. Zumindest nicht so. Das ist gegen die Vorschrift.«

»Welche Vorschrift? Gibt es eine Bestimmung, derzufolge Ameisenbären keinen Zutritt haben?«

»Nein, sehen Sie, es ist wegen der Haare. Sie wissen ja wohl, daß im Schwimmbad alle eine Badekappe tragen müssen. Aber eine so große Badekappe habe ich nicht, und ich bezweifele auch, daß es überhaupt eine gibt. Deshalb muß sich ihr Freund entweder die Haare schneiden lassen oder auf den Sprung ins Wasser verzichten.«

»Hm, ich verstehe, Signora. Aber ich versichere Ihnen, daß es sich nicht um Haare im eigentlichen Sinn handelt. Anselm ist ein wenig behaart, das ist alles, glauben Sie mir.«

»Ein bißchen behaart? Haben Sie ihn sich mal angeschaut? Er sieht aus wie King Kongs Bruder!«

Ich blickte zu Anselm hinüber, der dem Wortwechsel von einer Ecke aus gelauscht hatte. Seine Augen waren gerötet, und er guckte wie ein verletztes Hühnchen, ein Guinnessbuch-verdächtiges Hühnchen vielleicht, was Größe und Gewicht anging, aber jedenfalls ein Hühnchen.

»Anselm«, sagte ich zu ihm, »geben wir's auf. Wir dürfen nicht ins Schwimmbad. Mach erst mal mit deinen morgendlichen Übungen weiter.«

»Und wenn ich mich am ganzen Körper enthaaren würde?«

»Hör zu, eine Wachsenthaarung am ganzen Körper ist in etwa so, als würde einem in einem mittelalterlichen Ketzerprozeß vor der Heiligen Inquisition bei lebendigem Leib die Haut abgezogen.«

»Und wenn ich einen Taucheranzug anziehe?«

»Anselm, überleg doch mal: Du schaffst es nicht einmal in eine XXXL-Baumwollunterhose, wie soll das dann mit einem Taucheranzug gehen?«

»Und die Nase würde ja auch immer noch herausschauen«, keifte die Signora an der Kasse, die sich von mir nicht stoppen ließ.

So trotteten wir niedergeschlagen nach Hause. Auf der Straße flüsterte Anselm mir zu: »Du-u, wenn du nichts dagegen hast, würde ich gern eine Tasse Schokolade mit Schlagsahne trinken, um mich ein bißchen zu trösten.«

»Und was ist mit deinem Horror, du könntest bis zu den nächsten Ferien am Meer nicht genug Gewicht verlieren?«

»Ach, ich hab beschlossen, darauf zu pfeifen. Ich glaube, es ist besser, wenn man akzeptiert, wie man ist, und zufrieden weiterlebt, ohne törichte Gewissensbisse.«

Mein Anselm. Ganz groß, nicht nur von Statur.

Vorstellungsgespräch

Ich war ganz und gar nicht damit einverstanden, aber was soll's. Ameisenbären sind nun mal starrsinnig.

»Anselm, ich bin nach wie vor der Meinung, daß das ganz und gar keine gute Idee ist«, sagte ich, während er vor dem Spiegel seine schönste Krawatte knotete.

»Und ob das eine gute Idee ist.«

»Wenn es nötig wäre, würde ich es ja verstehen.«

»Es ist nötig, für meine Selbstverwirklichung.«

»Aber du bist doch erst zwölf: In deinem Alter geht man noch nicht arbeiten.«

»Das stimmt. Doch ich habe meine Ausbildung beendet, ich habe ein Sprachengymnasium besucht und einen Abschluß in Philosophie gemacht. Und jetzt, da ich mich entschlossen habe, aus dem Haus zu gehen, scheint es mir nur folgerichtig, daß ich mir auch eine Arbeit suche.«

»Denk dran, das wird nicht leicht. Hast du eine Ahnung, wie viele Menschen in Italien keine Arbeit haben?«

»Ich gehe zu einer dieser Agenturen für Teilzeitarbeit, über die die Zeitungen so viel Gutes schreiben. Ich bin sicher, daß ich eine Arbeit finden werde.«

»Wie du willst.«

Nachdem er die Krawatte gebunden hatte, vollführte er

vor mir eine Pirouette und zeigte sich in seiner ganzen Pracht. Blauer Blazer, blaues Hemd, englische Schuhe mit Lochmuster. Wie üblich war es ihm nicht gelungen, sich in die Hose zu zwängen. Doch aus sämtlichen Haaren versprühte er Eleganz.

»Was meinst du? Kann ich so zu einem Vorstellungsgespräch gehen?« fragte er mich ein wenig bang.

»Du siehst klasse aus. Du wirst einen tadellosen Eindruck machen, bestimmt.«

»Ich geh dann mal.«

»Na, dann geh.«

Er ging. Ich arbeitete den ganzen Tag an seinen Abenteuern. Gegen sechs kam er zurück. Zwar hege ich seit jeher Argwohn gegenüber gewissen Redensarten, aber ich muß zugeben, daß er wirklich den Schwanz hängen ließ. Und als ob das nicht genügt hätte, standen ihm auch noch Tränen in den Augen.

»Anselm, was ist passiert?«

Er gab mir keine Antwort.

»Du setzt dich jetzt aufs Sofa, und ich mache uns einen Tee und hole die dänischen Butterkekse, die du so gern magst. Ruh dich erst mal aus, und danach erzählst du mir alles.«

Der Tee und die dänischen Butterkekse zeigten den gewünschten Effekt. Die Tränen versiegten, und der Schwanz hing nicht länger schlaff herunter, sondern lag jetzt neben ihm, wo er jedoch sporadisch zuckte.

»Also, was ist geschehen?«

»Hm, es war so«, flüsterte er. »Bei der Agentur gab man mir ein Formular, in das ich meine persönlichen Angaben und meinen Lebenslauf eintragen sollte. Dann wartete ich, daß man mich zu einem Gespräch hineinrief. Doch obwohl ich als erster in der Agentur war, kam ich als letzter dran. Die Angestellte erklärte mir, die mit Schwanz kämen nach denen ohne Schwanz ...«

Sein Schwanz zuckte jetzt merklich.

»Irgendwann kam ich dann doch an die Reihe. Der Chef der Agentur, ein Typ mit Toupet, musterte mich erst vom Kopf bis zu den Hinterpfoten, und dann erklärte er mir, was es mit der Zeitarbeit auf sich hat. Daß sie in jedem Fall zeitlich befristet sei und man dafür die Hälfte des normalen Gehalts bekomme, denn sie, das heißt die Agentur und der Arbeitgeber, behielten fünfzig Prozent davon ein.«

»Das gibt's doch nicht!« entfuhr es mir.

»Tja. Also habe ich ihm dargelegt, daß das wirklich nicht gerecht sei, denn wenn einer vierzig Stunden die Woche arbeitet, muß er auch für vierzig bezahlt werden und nicht für zwanzig ...«

Sein Schwanz hieb jetzt ein paar Geranien in Stücke, die auf dem Tischchen neben dem Sofa standen.

»Der Typ unterbrach mich und sagte, darüber hinaus hätte ich weder Anrecht auf freie Tage noch auf bezahlten Urlaub, und es stehe mir ja frei, das Angebot anzunehmen oder nicht, aber wenn nicht, dann solle ich verschwinden, denn bei all den armen Schweinen, die eine Arbeit suchen, habe er es nun wirklich nicht nötig, einen Ameisenbären davon zu überzeugen, seine Konditionen zu akzeptieren ...«

Mit der Zunge erwischte er eine einsame Ameise, die leichtsinnigerweise unter einer Vase hervorkrabbelte.

»Als er sah, daß mir die Tränen in die Augen stiegen, fragte er mich: ›Sagen Sie mal, was haben Sie eigentlich gelernt?‹«

»Und du?«

»Ich dachte, am besten zeige ich's ihm gleich.«

»Aha.«

»Mit einem Schwanzhieb habe ich sein Toupet weggefegt.«

»Verstehe. Trotz Schul- und Universitätsabschluß hast du also keine Arbeit gefunden.«

»Nein.«

Auch Ameisenbären werden krank

Es mag seine Ursache in der Enttäuschung über den Verlauf gewisser Vorstellungsgespräche haben – Tatsache ist, auch Ameisenbären werden krank. Zumindest kam ich neulich zu dieser Schlußfolgerung, als ich Anselm in seinem Biene-Maja-Schlafanzug (den er automatisch anzieht, sobald seine Körpertemperatur 37 Grad übersteigt) auf dem Sofa kauernd antraf. Er hustete und warf Schleim aus, die Ohren waren vom Fieber gerötet, die Augen vom Schnupfen, und die Nase war rot von den unzähligen Papierservietten, in die er geschneuzt hatte; normale Papiertaschentücher sind für Anselm nämlich zu klein. Es war schrecklich. Wäre Anselm ein Mensch, hätte ich ihn sofort ins nächstbeste Krankenhaus einliefern müssen. Zu seinem Glück ist er keiner.

»Was macht man eigentlich, wenn man Grippe hat?« fragte er, während ich ihm in der Küche einen Tee kochte.

»Hm, kommt drauf an. Ich kenne zwei Methoden. Eine natürliche und eine unnatürliche . . .«

»Und zwar?«

»Die unnatürliche besteht im kontrollierten, aber schonungslosen Einsatz der neuesten Erfindungen der Pharmaindustrie . . .«

»Zum Beispiel?«

»Zum Beispiel nimmt man nach dem Essen eine oder zwei Aspirin und legt sich ins Bett ...«

»Aha. Und die natürliche Methode?«

»Die natürliche Methode entspricht praktisch der englischen Methode – ich weiß nicht, ob dir das was sagt –, und zwar in der österreichischen Variante ...«

»Nein, das sagt mir gar nichts. Wie du weißt, komme ich aus Brasilien.«

»Also, die englische Methode ist simpel: Du ziehst dir einen Trainingsanzug und einen Pullover an und rennst zwanzig bis dreißig Minuten durch die Gegend. Wenn du danach nicht an einer mordsmäßigen Lungenentzündung stirbst, geht die Grippe vorbei.«

»Verstehe. Und die österreichische Variante der englischen Methode?«

»Die österreichische Variante ist, wie soll ich sagen, alpiner. Dazu zieht man ebenfalls Trainingsanzug und Pullover an und rennt zwanzig bis dreißig Minuten durch die Gegend, allerdings im Wohnzimmer. Dann, der Reihe nach: ein schönes heißes Bad, eine große Tasse heiße Milch mit

Honig und einen Schnaps, wobei's zur Not auch Grappa tut.«

Anselms Miene hellte sich auf. Bei dem Wort Grappa ging es ihm schon sehr viel besser.

»Das gefällt mir. Ich glaube, ich werde diese Methode anwenden.«

»Gut. Inzwischen gehe ich ein paar Orangen einkaufen. Vitamine sind ein Allheilmittel, das sagen alle Mütter.«

Schneller Entschluß ist ein Muß. Flink wie ein Wiesel schoß ich die Treppe hinunter und plünderte die Zitrusfruchtabteilung des nächsten Supermarkts. Bei der Gelegenheit ging ich auch gleich noch in der Apotheke vorbei, wo ich eine bescheidene Menge Aspirin kaufte (für den Fall, daß man auf die sogenannte unnatürliche Methode zurückgreifen mußte).

Doch als ich zurückkam, erwartete mich eine Überraschung.

Als ich zurückkam, sagte ich mir, daß ich wahrscheinlich besser geschwiegen hätte.

Als ich zurückkam, dachte ich, daß es vielleicht am besten gewesen wäre, gleich auf Aspirin zurückzugreifen.

Anselm hatte meine Anweisungen bis aufs I-Tüpfelchen befolgt. Allerdings nicht in der dafür vorgesehenen Reihenfolge und an den vorgesehenen Orten. Er hatte sich zwar den Trainingsanzug angezogen und war im Wohnzimmer losgelaufen. Nur daß er, bevor er den Trainingsanzug angezogen hatte und losgelaufen war, einen Liter Grappa gezwitschert hatte. Und ebenfalls noch bevor er den Trainingsanzug angezogen hatte und losgelaufen war, aber schon nachdem er einen Liter Grappa gezwitschert hatte, hatte er ein heißes Bad genommen, wobei er seine Tasse Milch in der Wanne sitzend schlürfte und drei Familiengläser Honig aus den Tälern um Lonzo ins Badewasser gab. So daß er, klatschnaß und betrunken wie er war, beim Laufen überall klebrige Fußstapfen hinterließ und sein von jenem Bergnektar von Rhododendronblüten getränktes Fell aussah wie das Fell eines Ameisenbären, der ein Honigbad genommen hat (nun ja, das hatte er ja auch in der Tat). Sinnlos, jetzt noch den Bereitschaftsarzt zu rufen. Statt dessen rief ich eine Reinigungsfirma an, die auf Pelze spezialisiert war.

»Hallo, ich hätte da einen in Honig getränkten Pelz, den ich Ihnen vorbeibringen möchte. Ich hoffe, Sie kriegen ihn sauber. Das Problem ist nur, daß der Pelz lebendig ist.«

»*Lebendig?* Was meinen Sie damit ... *lebendig*?« fragte man am anderen Ende der Leitung.

Neulich bekam Anselm einen Brief, der zwar etwas krakelig, dafür aber völlig fehlerfrei geschrieben war. Ich weiß das, weil er, nachdem er den Brief wieder und wieder gelesen hatte, mit knallrotem Gesicht zu mir kam und wollte, daß ich ihn auch las. Auf einem zweimal gefalteten DIN-A4-Blatt stand:

> Ciao,
> ich heiße Micol und bin acht Jahre alt. Lieber Anselm, ich lese Deine Abenteuer. Ich glaube nicht, daß Du eine Hose oder einen Mantel brauchst: Du hast doch schon ein Fell, wenn Du so etwas anziehen würdest, das fände ich zum Lachen. Ich möchte wissen, ißt Du eigentlich nur Ameisen? Wo bekommst Du die in Italien her? Was für Musik hörst Du? Was schaust Du dir im Fernsehen an? Hast du eine Freundin?
>
> Antworte bald, ciao
> Micol

Anselm und ich sahen uns an. Seine Augen glänzten vor Rührung. Es war der erste Brief, den ihm jemals jemand geschrieben hatte. Er schnurrte geradezu (ich weiß, das klingt merkwürdig, doch wenn Anselm besonders glücklich ist, schnurrt er; das hat er von einem Kätzchen gelernt. Wenn sie sich auf der Treppe begegnen, setzen sie sich nebeneinander, er groß und kräftig, sie winzig, und schnurren um die Wette, daß das Haus erbebt. Ganz zu schweigen davon, daß sie sich manchmal in Mani- und Pedikürewettbewerbe stürzen – ich überlasse es eurer Phantasie, sich den Zustand des Parkettbodens und der Sofa- und Sessellehnen auszumalen). Natürlich gab es ein Problem. Anselms Schreibe ist nicht besonders leserlich. Wegen seiner Klauen. Wir haben uns denn auch ohne Worte verstanden. Er würde Micol antworten, aber schreiben würde ich. Wie damals, wenn Gemma Rita, meine liebe Grundschullehrerin, uns ein Diktat ankündigte.

Also nahm ich Papier und Stift und schrieb nach seiner Vorgabe:

Liebe Micol,
vor allem erst mal supervielen Dank für Dein entzückendes Briefchen, über das ich mich wirklich sehr gefreut habe. Ich glaube, Du hast recht. Ich habe ja schon ein Fell und brauche nicht unbedingt einen Mantel wie diese albernen Hunde. Trotzdem bin ich ein bißchen eitel, und ich ziehe mich gern elegant an, ich kann's nicht ändern. Aber versteh mich recht: Elegant ist für mich auch ein Sakko, das ich für wenig Geld auf dem Flohmarkt gekauft habe, wenn ich finde, daß es schön ist und mir steht. Unbedingt.
Um auf Deine freundlichen Fragen zu antworten:

Nein, ich esse nicht nur Ameisen. Der Reihe nach könnte ich sterben für Fleischklöße in Bratensaft, Gnocchi nach Castelmagno-Art, Couscous nach sizilianischer Art, Zahn- und Goldbrasse vom Grill, Miesmuscheln, Venusmuscheln, Pizza, Sachertorte ... Für eine Menge Dinge also, wobei Ameisenmarmelade sozusagen die Nutella der Ameisenbären ist. In Italien lebe ich seit 1990, als hier die Fußballweltmeisterschaft stattfand; ich bin als Fan der brasilianischen Mannschaft aus Amazonien hergereist. Was die Musik betrifft, so höre ich eigentlich alles. Vom Titelsong von ›Lady Oscar‹ bis zu dem von den ›Simpsons‹, und generell alle Titelmelodien japanischer Zeichentrickfilme, ›Goldrake‹, ›Mazinga‹, ›Heidi‹, ›Lupin III‹. Im Fernsehen schaue ich mir ›Reich und Schön‹, ›Friends‹, ›Emergency Room‹ und alle Sendungen an, in denen es um Ronaldo, Brasilien und die Natur geht. Davon gibt es nämlich hier in der Stadt im Vergleich zu Amazonien nicht viel, und trotz der Parks muß ich gestehen, daß mir mein Wald sehr fehlt. Ach ja, und ›South Park‹ gucke ich auch. Anfangs behauptete Culicchia, ich würde zu lange vor dem Fernseher sitzen, als ich aber dann statt dessen zum Zeitvertreib überall Höhlen grub, hat er seine Meinung geändert, denn Höhlen in einer Vierzig-Quadratmeter-Wohnung zu buddeln, schafft ziemliche Unordnung. Das Kapitel Freundin ist am problematischsten. Ich bin zwei Meter fünfzig lang und habe eine spitze Nase und eine lange, klebrige Zunge, außerdem bin ich ein Säugetier aus der Ordnung der Zahnlosen, und so jemand findet hier bei Euch nicht so leicht eine Freundin. Culicchia meint, ich solle mal meinen Musikgeschmack ändern, aber ich fürchte, daß es nicht so einfach ist. Er ist mein bester Freund, und ich glaube, er traut sich nicht, mir reinen Wein einzuschenken. Aber ich bin ja erst zwölf, und deshalb habe ich alle Zeit der Welt, um meine verwandte Seele zu finden.

Jetzt weißt Du etwas mehr über mich. Und vergiß nicht: Wenn Du mir zufällig auf der Straße begegnest, brauchst Du keine Angst zu haben. Es sei denn, Du bist eine Ameise oder Termite. Aber Deiner Handschrift nach zu urteilen, schließe ich das aus. Ciao Micol, noch mal vielen Dank für Dein Briefchen, und wo ich schon dabei bin, wünsche ich Dir frohe Weihnachten, denn die Feiertage stehen vor der Tür.

Viele dicke Ameisenbärenküsse,
Anselm

Ach ja, Weihnachten steht vor der Tür. Vor ein paar Tagen gingen Anselm und ich unter den Arkaden spazieren, als er einen Stand erspähte, wo Torrone, Bonbons und derlei mehr verkauft wurden. Von da an kamen wir nur noch langsam voran, denn mein Ameisenbärenfreund mußte sich um jeden Preis einen Bausch Zuckerwatte kaufen. Dabei kommt Zuckerwatte nicht besonders gut bei Ameisenbären. Ameisenbären kommen nämlich nicht besonders gut mit Zuckerwatte klar. Sie bekleckern sich die ganze Nase damit, und abgesehen davon, daß sie ernsthaft Gefahr laufen zu ersticken (Anselm hat das Laster, an allem, was er ißt, zuerst zu schnüffeln, bevor er hineinbeißt, und ich gestehe, ich habe mich ziemlich erschrokken, als er wegen der beiden riesigen Zuckerwattekorken, die seine Nasenlöcher verstopften, dunkelblau anlief: »ATME DURCH DEN MUND!« schrie ich ihn an, wodurch ich ihn wundersamerweise rettete), abgesehen also von der Erstickungsgefahr bleiben sie auch noch alle Naselang stehen, um in den Schaufensterscheiben zu kontrollieren, daß an ihrem Rüssel auch ja keinerlei Spuren des tapferen Kampfes gegen die klebrige Masse zurückgeblieben sind ...

Wie wir uns so von Schaufenster zu Schaufenster hangelten und ich mich fragte, was ich ihm bloß zu Weihnachten schenken sollte, blieb Anselm plötzlich stehen und sagte:

»Hör doch mal, da trägt jemand Gedichte vor.«

Gedichte? dachte ich. *Gedichte*, um sieben Uhr abends auf der Straße? Während ringsum der Verkehr braust, vielleicht ein letztes Mal an diesem Tag? Straßenbahnen, die quietschen, wild gewordene Hupen, Ampeln, die in einer Aura aus Hamburgern und Pommes frites, made by McDonald's, aufleuchten, und zu alledem auch noch *Gedichte*? Das muß wohl an der Zuckerwatte liegen, schlußfolgerte ich.

»Tut mir leid, Anselm, aber ich höre niemanden Gedichte vortragen. Du weißt, daß ich kein Ohr für Verse habe ...«

»Aber ja, hör doch mal! Die Worte kommen von dem Denkmal auf dem Platz da!«

Ich drehte mich nach der Stelle um, die seine völlig verklebte rechte Vorderpfote mir wies (Spinnweben aus Zuckerwatte pappten seine Klauen zusammen, so daß er fast wie ein Schwimmvogel aussah). Tatsächlich stand dort, unter einer von Beeten umgebenen Statue, eine Gruppe von Menschen, und jemand las mit lauter Stimme Gedichte vor.

»Komm, laß uns kurz hingehen«, lockte mich Anselm.

»Ach weißt du, ich warte lieber hier auf dich. Ich verstehe nichts von Gedichten, ich ertrage sie nicht, das ist wie eine Krankheit, ich glaube, das liegt daran, daß ich als Kind gezwungen wurde, sie auswendig zu lernen ...«

»Meinetwegen, dein Pech«, rief er aus und pendelte auf das dichterische Epizentrum zu.

Unter den Arkaden wartete ich darauf, daß mein Freund sich bequemte wiederzukommen. Fünf Minuten vergingen. Zehn. Zwanzig. Während die Zeit verrann, sagte ich mir, daß ich mich früher oder später doch zwingen und der Poesie annähern müsse. Schließlich muß man seine Kindheitstraumata auch mal überwinden. Dreißig Minuten vergingen. Vierzig. Fünfzig. Nichts zu machen. Ich konnte einfach nicht darauf zugehen. Neunzig Minuten. Hundertzwanzig. Plötzlich wurde mir bewußt, daß unter dem Denkmal niemand mehr stand. Anselm und die anderen waren fort. Und mir, mir war es wieder einmal nicht gelungen, mich der Dichtung auch nur einen Schritt anzunähern. Besser du gehst nach Hause, sagte ich mir.

Gegen Mitternacht kehrte auch Anselm heim, ganz euphorisch.

»Wenn du wüßtest, wie toll es war. Wir haben einen langen Spaziergang gemacht, jeder hat ein Gedicht vorgetragen, während die Autofahrer wegen des Verkehrs durchdrehten. Alle schrien und hupten und liefen vor Wut im Gesicht rot an. Dabei waren doch eigentlich wir die Verrückten«, erklärte er mir.

»Entschuldige, aber inwiefern wart doch eigentlich ihr die Verrückten?«

»Verrückte, Bekloppte, Irre. Einer jener Herrn erklärte mir, daß er und seine Gefährten allesamt aus dem Irrenhaus entlassen worden seien, mit anderen Worten, sie seien ehemalige Insassen psychiatrischer Kliniken. Doch als sie rauskamen und merkten, wie die normalen Menschen lebten, beschlossen sie, daß sie dem gegenüber nicht gleichgültig bleiben konnten. ›Siehst du sie?‹ hat er mich gefragt und auf die Autofahrer gezeigt, ›sag selbst, die haben sie doch wohl nicht alle; aber wir können ihnen schlecht all die Elektroschocks verabreichen, die sie uns verabreicht haben, wir sind schließlich nicht verrückt.‹ Tja, und deshalb gehen sie einmal im Monat durch die Stadt und lesen ganze Epen laut vor. Begonnen haben sie mit der ›Ilias‹ und der ›Odyssee‹, jetzt sind sie bei Leopardi. Aber zwischen den Klassikern tragen sie ab und zu auch selbstverfaßte Gedichte vor. Und sie sind davon überzeugt, daß früher oder später jemand anhalten wird, um ihnen zuzuhören.«

»Verstehe. Und hast du auch ein Gedicht vorgetragen?«

»Och, nein. Man kann nicht einfach so auf die Schnelle den Dichter mimen. Aber sie haben mir eins gewidmet. Willst du es hören?«

»Schieß los.«

Anselm klein, willst ein Mäuschen sein
Anselm klein, zu groß ist's Näschen dein
Anselm klein, versteck dich nicht hinter einem Fingerlein
Anselm klein, bist ein liebes Ameisenbärlein.

Wir sahen uns an.

»Nett«, sagte ich.

»Nett?« entgegnete er. »Außerordentlich, meinst du wohl.«

WEIHNACHTSMÄNNER

Ich habe nie begriffen, warum, aber Anselm hat seit jeher wahnsinnige Angst vor den Weihnachtsmännern, die an Weihnachten die Straßen unserer Stadt überschwemmen. Um ihm diese Panik ein für allemal auszutreiben, hatte ich zunächst überlegt, für ihn eine Reise nach Lappland zu buchen, wo man, wie ich weiß, am 25. Dezember dem rotgekleideten bärtigen Männlein in Begleitung seiner Rentiere begegnen kann. Doch zwei Überlegungen haben mich bewogen, die Planungen einer Finnlandtour einzustellen.

ERSTENS: Anselm kommt aus einem Land, in dem die Mädchen, wenn es kalt wird, das Bikinioberteil anziehen. Ihn in Breiten zu schicken, wo Temperaturen von vierzig Grad unter Null herrschen, wäre nicht besonders freundlich gewesen.

ZWEITENS: Anselm hat nicht nur vor Weihnachtsmännern wahnsinnige Angst, sondern auch vor Rentieren.

Und deshalb war mir klar, daß ich es anders anstellen mußte. Hier nun die Lösungen, die ich ausgeheckt habe:

LÖSUNG NUMMER EINS: Mich selbst als Weihnachtsmann zu verkleiden und am Abend des 24. Dezember in Anselms Zimmer zu platzen, ihm »Fröhliche Weihnachten!« zuzubrüllen und gleichzeitig das Licht einzuschalten.

(Theorie verworfen, weil Anselm an Herzklopfen leidet: Ihm einen Herzinfarkt zu schenken, wäre nicht gerade nett.)

LÖSUNG NUMMER ZWEI: Mit Anselm am Weihnachtsabend ins Kino zu gehen und einen Film mit dem Weihnachtsmann anzuschauen. Ihm hierauf zu erklären, daß der auf der Leinwand und all die anderen nur sympathische bärtige Männlein seien, die den Weihnachtsmann spielen, ohne es denn wirklich zu sein.

(Theorie verworfen, weil Anselm sich im Dunkeln fürchtet: Der Auftritt eines Weihnachtsmannes, noch dazu im dunklen Kinosaal, könnte ihm einen Schock fürs ganze Leben versetzen.)

LÖSUNG NUMMER DREI: Einfach das Ende der Weihnachtsferien abzuwarten und zuzusehen, wie sich Anselms Weihnachtsmännerphobie auch dieses Jahr in Luft auflöst.

(Verlockende, allerdings nicht ganz ungefährliche Theorie: Denn was, wenn Anselm mir beim Anblick eines oder mehrerer Weihnachtsmänner das Lenkrad meines Autos aus der Hand reißen und sie einfach über den Haufen fahren würde, sozusagen als präventive Selbstschutzmaßnahme?)

Mit Abstand am besten wäre gewesen, überlegte ich schließlich, Weihnachten einfach abzuschaffen, unter anderem weil mein Freund jetzt schon seit Tagen ständig quengelt, um im voraus zu erfahren, was ich ihm schenken werde, und praktisch nicht mehr den Mund aufmacht, ohne in dieser Angelegenheit nachzuhaken (damit er Ruhe gibt, habe ich beschlossen, so zu tun, als würde ich es nicht hören). Weihnachten kann man aber nicht abschaffen, weshalb ich Anselm schließlich aufforderte, einen Spaziergang mit mir zu machen.

»Komm, wir gehen.«

»Wohin?« fragte er mich argwöhnisch, um dann hinzuzufügen: »Und außerdem, was schenkst du mir eigentlich?«

»Ach, nur ein bißchen bummeln, einfach so«, antwortete ich auf seine erste Frage und gab vor, die zweite nicht gehört zu haben.

»Du weißt, daß ich zu dieser Jahreszeit nicht aus dem Haus gehen mag. Auf den Straßen wimmelt es von Weihnachtsmännern. Zumal ich wirklich zu gern erfahren würde, was ich geschenkt bekomme.«

»Ich verspreche dir, daß du dort, wohin ich dich führe, keinen zu Gesicht bekommst.«

»Ich habe so eine böse Vorahnung, abgesehen von der Tatsache, daß ich immer noch nicht weiß, was ich zu Weihnachten kriege ...«

»Gütiger Himmel, Anselm, wenn ich dir sage, daß wir keinem begegnen werden, dann kannst du mir das ruhig glauben. Ich habe gewiß nicht die Absicht, dich zu Tode zu erschrecken, indem ich dich in die Hauptgeschäftsstraßen führe, die von rotgekleideten bärtigen Männlein buchstäblich heimgesucht werden ...«

»Na gut, gehen wir. Aber ich bin wirklich gespannt, was ich unter dem Baum finden werde.«

Um die riskantesten Straßen zu vermeiden, also die mit den Geschäften, machten wir unglaubliche Umwege. Da wir auf jede erdenkliche Weise jeden Kontakt mit Weihnachtsschaufenstern, Weihnachtskäuferscharen, Weihnachtspaketen und Weihnachtspäckchen vermeiden wollten, nutzten wir die Dunkelheit aus und verbargen uns hinter parkenden Autos, huschten hier und da in Hauseingänge oder duckten uns hinter Müllcontainer. Wir hätten Kollegen von James Bond sein können, dabei versuchten wir bloß, jedem Schatten auszuweichen, der auch nur von fern so aussah wie ein Weihnachtsmann. Als wir schließlich dachten, nun seien wir in Sicherheit, stießen wir auf einen Menschenauflauf.

Zunächst begriffen wir nichts. Alle schauten nach oben, selbst die Autofahrer, die dabei einen Unfall riskierten. Wir schauten ebenfalls. Anselm stieß einen Schrei des Grauens aus und brach zusammen. An einer Straßenecke kletterte eine Horde Weihnachtsmänner an der Fassade eines von Schweinwerfern angestrahlten Hauses empor. Weihnachtsmänner baumelten von den Balkonen, Weihnachtsmänner zogen sich an den Simsen hoch, Weihnachtsmänner versuchten durch die großen Fenster ins Haus einzusteigen. Aber wenn man genauer hinsah, bemerkte man, daß sie sich nicht bewegten.

»Falscher Alarm, Anselm! Das ist nur Weihnachtsdekoration! Diese Weihnachtsmänner sind aus Pappmaché!«

Er stieß ein Stöhnen aus und weigerte sich, mir zu glauben und wieder aufzustehen.

»Na schön, ich verrate dir, was ich dir zu Weihnachten schenke. Eine Riesenfamiliendose Ameisenmarmelade. Und für dich vorbeigebracht haben sie neulich ausgerechnet zwei Weihnachtsmänner auf der Durchreise.«

Da grinste er von einem Ohr zum anderen und kam wieder auf die Beine. Beziehungsweise auf die Pfoten.

SILVESTER

Neulich abend war Silvester, und Anselm hatte wieder Lust, tanzen zu gehen, trotz der Tücken, die so ein Silvesterball bereithielt. Ich hingegen wollte lieber zu Hause bleiben. Ich wollte ein paar Seiten im ›Wörterbuch der Gemeinplätze‹ von Gustave Flaubert lesen, ein Buch, das ich von Zeit zu Zeit immer wieder gern zur Hand nehme. Anselm sah ziemlich unzufrieden aus. Abends lesen mag er nicht, denn sobald er sich die Brille aufsetzt, ist er innerhalb von zwei Minuten eingeschlafen. Und im Fernsehen lief noch nicht mal ›Emergency Room‹.

Da ich ihn nicht gern traurig sehe, schlug ich vor: »Warum nimmst du nicht den Käfer und gehst allein tanzen? Ich kann Bälle nicht ausstehen. Und im Grunde ist nichts Schlimmes daran, allein dorthin zu gehen. Zumal du im Nu Bekanntschaft mit den Mädchen schließt. Das weißt du doch.«

Er sah mich ein wenig überrascht an.

»Meinst du?«

»Aber sicher. Zumal du besser Auto fährst als die meisten Italiener. Und außerdem wird's Zeit, daß du abends auch mal ohne mich ausgehst.«

»Na gut, wenn du mir dein Auto anvertraust . . .«

»Es ist sowieso aus fünfter Hand. Falls es Probleme gibt, brauchst du mich nur anzurufen, und ich hole dich ab.«

Also warf er sich in Schale, kämmte und parfümierte sich (indem er den üblichen Korb mit frischem Obst auf den Kopf setzte, wie jedesmal, wenn er abends ausgeht, seit er Carmen Miranda entdeckt hat) und stürzte sich ins Nachtleben.

»Aber Vorsicht!« rief ich ihm von der Tür aus nach, während er aufgekratzt die Treppe hinunterpendelte.

»Paß auf, daß dich bei den ersten Knallern nicht der Schlag trifft; du weißt, wie empfindlich du darauf reagierst. Geh einfach um Mitternacht nicht hinaus auf den Balkon, dann schießt auch niemand aus Versehen mit dem Gewehr auf dich.«

»Keine Panik, Culicchia!« antwortete er.

Das Feuerwerk war vorbei, und ich las gerade im ›Wörterbuch‹ unter dem Stichwort »BLONDINEN. Heißer als Brünette (siehe BRÜNETTE)«, als, es mag gegen zwei Uhr gewesen sein, das Telefon klingelte.

Sofort dachte ich, Anselm müsse etwas Unangenehmes zugestoßen sein. Ich täuschte mich nicht. Doch diesmal ging es nicht um Knallfrösche oder Böller und auch nicht um Kriegswaffen, die mancher zum Feiern unter Freunden benutzt.

»Hör zu, drei Uniformierte haben mich angehalten, noch bevor ich in der Disko war ...«

»Und?«

»Der eine hat zu den anderen gesagt: ›Den hier haben die Pillen ganz schön zugerichtet, was? Ich hab noch nie etwas so Behaartes gesehen, die Droge muß auch sein Gesicht entstellt haben.‹ Ich zitterte am ganzen Körper, du weißt, wie das ist, Uniformen regen mich auf, instinktiv, fast tierisch, würde ich sagen.«

»Ja, ich weiß. Und wo bist du jetzt?«

»Hier. Ich warte darauf, daß sie mich blasen lassen, während sie das Auto zu Ende durchsuchen. Nur daß ...«

»Nur was?«

»Sie haben ein paar Pillen bei mir gefunden.«

»Pillen? Seit wann dröhnst du dich zu, Anselm?«

»Ach was, ich dröhne mich nicht zu: Das sind nur die Vitamin-C-Tabletten, die ich um diese Jahreszeit immer einnehme, damit ich keinen Schnupfen kriege, du weißt doch, bei uns in Brasilien ist es wärmer, ich habe mich noch nicht an das italienische Klima gewöhnt ...«

»Hast du ihnen denn nicht erklärt, daß es sich um Vitamin C handelt?«

»Doch, aber sie haben mich nur angeschaut und sind in Lachen ausgebrochen. Dann haben sie gesagt, ich hätte das Recht, nicht auf ihre Fragen zu antworten, weil ... weil ... alles, was ich sage, gegen mich verwendet werden könne, und sie haben mir erlaubt, ein Telefongespräch zu führen. Dies hier.«

»Wie viele Vitamin-C-Tabletten hattest du bei dir?«

»Nur so viele, wie ich normalerweise einnehme: zirka vierzig.«

»Zirka vierzig???«

»Ich bin zweieinhalb Meter groß, ich wiege soviel, daß ich mich nicht mehr traue, auf die Waage zu schauen – was glaubst du denn, wie viele ich nehmen soll? Zwei?«

»Ich fürchte, vierzig Tabletten sind wesentlich mehr als die zum persönlichen Gebrauch bestimmte Menge, Anselm. Meines Erachtens haben die dich schwer im Verdacht, ein Dealer zu sein. Und auch noch mit brasilianischem Paß. Und mit dieser Kopfbedeckung à la Carmen Miranda ...«

»Was soll ich tun? Soll ich sie probieren lassen? Von den Tabletten, meine ich.«

»Bist du verrückt? Damit handelst du dir nur eine Anzeige wegen versuchten Drogenhandels mit Ordnungshütern ein. Nein, vergiß es und finde dich lieber damit ab, daß du Silvester mit Verhören zubringen mußt.«

»Und du? Fällt dir denn gar nichts ein, wie du mir helfen könntest?«

»Laß mich nachdenken ... Hm, vielleicht gibt es eine Lösung. Ich kann kommen und erklären, daß du in Wirklichkeit ein anständiger Ameisenbär bist, daß du unfreiwillig in einen Vitamin-C-Deal geraten bist, der eine Nummer zu groß für dich ist …«

»Ach, ich wäre dir ewig dankbar …«

»Na gut, wenn du mir ewig dafür dankbar bist, dann lege ich mein Buch aus der Hand und komme. Aber warte mal. Sag bloß nicht, du hast auch das Talkumpuder dabei, womit du dir in der Disko den Schweiß trocknest …«

»Sie haben's im Moment gefunden.«

Die Spazierratte

Ich weiß nicht mehr, wie es kam, aber vor ein paar Tagen, während des Abendessens bei Freunden, kamen wir auf Spazierratten zu sprechen. Die anderen hatten noch nie davon gehört, aber in manchen nord- und mitteleuropäischen Ländern waren Spazierratten früher mal ziemlich in Mode gewesen, allerdings ist das schon vier oder fünf Jahre her. Mit eigenen Augen habe ich nur eine gesehen, einmal im Sommer in Stockholm. Sie kauerte mit ihren Pfötchen auf den Schultern einer jungen Frau, die vor einem Schaufenster stehengeblieben war, und der lange rosa Rattenschwanz hing parallel zum Lederriemen ihrer Tasche herunter. Es war nicht etwa eine Maus, sondern eine richtige Ratte, fast eine Wanderratte, würde ich sagen, nur unwesentlich kleiner als eine einjährige Katze, und um den Hals trug sie eine elegante rote Schleife, ein schönes Valentino-Rot, das ausgezeichnet zum Perlgrau ihres Fells paßte.

Während wir Erwachsene am Tisch uns über Mäuse und Ratten unterhielten, spielte Anselm auf dem Sofa mit Eva und Mara, den beiden Töchtern unserer Freunde. Besser gesagt: Mara bereitete sich auf den Unterricht am nächsten Tag vor, und Eva schlug Purzelbäume, eine Lieblingsbeschäftigung von ihr, zusammen mit Bogenschießen, Sich-die-Lunge-aus-dem-Leib-Rennen, Ringelreihen, Völkerball und Um-ein-Eis-Betteln. Bei Mädchen und überhaupt bei Kindern kommt Anselm stets gut an. Sie halten ihn für ein Plüschtier, das sprechen und laufen kann, und dauernd werde ich gefragt, wo ich ihn gekauft beziehungsweise von wem ich ihn geschenkt bekommen habe. Und weil Mara und Eva ihn besonders vergöttern, gestattet er ihnen, daß sie sich an seine Nase klammern und daran schaukeln, wobei er ihnen durch leichte Klapse mit dem Schwanz behilflich ist.

Gegen zwei Uhr nachts waren die Mädchen eingeschlafen, und bald darauf machten Anselm und ich uns auf den Heimweg. Als wir auf die Straße traten, bemerkte ich es sofort. Beim Gehen hatte Anselm die Pfoten auf dem Rücken und schwieg.

»Stimmt was nicht?« fragte ich ihn.

Er gab keine Antwort.

»Erzähl mir bloß nicht, Eva hat dich schon wieder in den Schwanz gebissen.«

»Es geht nicht um die Mädchen.«

»Was ist es dann?«

»Die Ratte.«

»Kannst du dich bitte etwas deutlicher ausdrücken?«

»Ich habe gehört, was du über die Spazierratte gesagt hast. Daß sie vor vier oder fünf Jahren in Stockholm mal in Mode war und so weiter ...«

Er war den Tränen nahe.

»Anselm! Du denkst doch nicht etwa, ich wollte dich loswerden?! Erstens sind wir Freunde, zweitens bist du keine Ratte, und darüber hinaus bist du nun wirklich nicht besonders in Mode ...«

Er schneuzte sich die Nase direkt in eine Pfote (diese scheußliche Angewohnheit, die er sich im Fernsehen von den Fußballspielern abgeguckt hat, kann ich ihm einfach nicht austreiben) und schnaubte.

»Wie kommst du denn darauf! Ich will nur auch so eine schöne graue Spazierratte mit roter Schleife haben und auf der Schulter tragen, das ist alles.«

»Du willst eine graue Spazierratte mit roter Schleife haben und auf der Schulter tragen? Habe ich dich richtig verstanden?«

»Natürlich hast du mich richtig verstanden. Das ist doch das Normalste von der Welt.«

»Na ja, kommt auf den Standpunkt an. Du wirst zugeben, daß wir so schon ein leicht bizarres Paar abgeben. Und jetzt stell dir mal vor, wie wir drei Samstag morgens durch die Innenstadt laufen, ich, du und die Ratte ...«

»Du meinst, die Jugend dreht total durch?«

»Nein, es ist wahrscheinlicher, daß die Jugend denkt, *wir* wären total durchgedreht. Außerdem könntest du nicht mehr unbemerkt ins Restaurant gehen wie jetzt, da du darauf bauen kannst, daß die Kellner dich für einen Gast im Nerz halten.«

»Wie meinst du das?«

»Diese Damen tragen vielleicht komische Hüte, aber doch keine grauen Spazierratten ...«

Wir kamen zu unserem Käfer. Anselm war ziemlich niedergeschlagen. Im Grunde tat es mir leid, Nein zu sagen, aber offen gestanden hat mir die Vorstellung, meine Wohnung mit einer Ratte zu teilen, noch nie zugesagt. Dann allerdings fiel mir ein, daß Anselm für gewöhnlich am nächsten Tag schon nicht mehr weiß, was er heute noch unbedingt haben wollte.

»Na gut, ich schenk dir eine zu Weihnachten«, sagte ich in der Gewißheit, daß er es morgen schon vergessen haben würde.

Zufrieden wedelte er mit dem Schwanz, was einen Ampelmast das Leben kostete. Um ihn gleich auf andere Gedanken zu bringen, warf ich ihm die Autoschlüssel zu.

»Fang«, rief ich wagemutig, »fahr du.«

Er umarmte mich und strahlte übers ganze Gesicht. Wir stiegen in den Wagen, legten die Gurte um, und er befestigte auf dem Armaturenbrett das Foto seiner Mutter Magdalena mit der Aufschrift: »FAHR LANGSAM, ANSELM«. Ich verband mir die Augen mit einem schwarzen Tuch (wie immer, wenn er fährt und ich neben ihm sitze), und los ging's. Anselm legte den dritten Gang ein. Der alte VW hustete und prustete. Und unglaublich, aber wahr: Kurz darauf lagen wir daheim im Bett. Heil und wohlbehalten.

DIE BÖRSE

Anfangs habe ich nicht darauf geachtet. Doch dann mußte ich es einfach bemerken. In den letzten Tagen, während ich an meinem Mac seine Abenteuer niederschrieb, verließ Anselm sein Zimmer nur, um einen Happen zu essen oder auf die Toilette zu gehen, was für einen wie ihn, der keine Minute stillsitzt und ständig spazierengehen will (zumindest seit ich ihn dazu gebracht habe, das Haus zu verlassen), entschieden ungewöhnlich ist. Die Tage vergingen, und Anselm blieb in seinem Zimmer und unterhielt sich nicht mal mehr mit mir, wenn man mal davon absah, daß er mich jeden Morgen bat, außer den üblichen Tageszeitungen auch die ›*Financial Times*‹, das ›*Wall Street Journal*‹ sowie ›*Il Sole-24 Ore*‹ zu kaufen – eine Neuerung, der ich zunächst keine Bedeutung beimaß, die mir schließlich aber dann doch irgendwie ein bißchen seltsam vorkam. Diese Sparte der Presselandschaft hatte Anselm bis dahin keines Blickes gewürdigt. Nach Beendigung seiner Philosophiestudien (mit einer Abschlußarbeit über ›Die apokryphen Fragmente Friedrich Nietzsches. Was der Philosoph der Ewigen Wiederkehr bei seinen Wanderungen durch das Oberengadin bezüglich des Über-Ameisenbären zu sagen vergaß‹) hat er in der knappen Zeit, die das Fernsehen ihm ließ, stets einen Haufen Klassiker gelesen (›Moby Dick‹ von Melville, ›Der Jüngling‹ von Dostojewski, ›Mysterien‹ von Hamsun, ›Große Erwartungen‹ von Dickens, ›Amerika‹ von Kafka sowie den ganzen Thomas Bernhard, der seines Erachtens noch kein Klassiker ist, aber einer werden wird), nie jedoch einen Klassiker der Ökonomie, weshalb er damals, als Gott weiß warum bei Tisch einmal der Name Keynes fiel, gedacht hatte, es handele sich um einen Papiertaschentuchhersteller wie Kleenex. Gestern abend vor dem Abendessen beschloß ich schließlich, an seine Tür zu klopfen.

»Anselm, entschuldige, darf ich reinkommen?«

»Warum?«

»Ich muß mit dir sprechen.«

»Moment. Einen Moment, ich komme.«

Schon die Tatsache, daß er mich nicht hineinlassen wollte, machte mich ein wenig stutzig.

»Da bin ich«, flüsterte er mir zu, während er die Tür behutsam hinter sich schloß. »Was wolltest du mir sagen?«

»Tja also, nichts, nur haben wir uns in der letzten Zeit kaum mehr gesehen, und ich habe mich gefragt, ob wohl etwas passiert ist . . .«

»O nein. Mir geht's gut, danke, mir geht's gut«, antwortete er, weiterhin im Flüsterton.

»Wir sind schon lange nicht mehr eine heiße Schokolade trinken oder ein Eis essen gegangen, und du steckst nicht mal mehr die Nase aus deinem Zimmer, um ›Reich und Schön‹ zu sehen.«

Er schwieg.

»Ich will ja nicht indiskret sein, aber darf man vielleicht erfahren, was du die ganze Zeit da in deinem Zimmer treibst?«

Schweigen.

»Und warum du neuerdings sämtliche Wirtschaftszeitungen liest?«

»Ähm, weißt du«, flüsterte er mir zu, »das ist eine ziemlich heikle Sache ...«

»Eigentlich habe ich immer geglaubt, wir könnten offen miteinander reden, Anselm. Ich dachte, ich verdiene dein Vertrauen, aber jetzt muß ich feststellen, daß dem nicht so ist ... Oder irre ich mich?«

»Aber nein, wo denkst du hin, natürlich irrst du dich«, fuhr er auf. »Na gut, sieh selbst, aber ich bitte dich von Herzen, mach keinen Lärm.«

Ganz, ganz leise betraten wir sein Zimmer. Alles war wie immer, abgesehen von dem Stapel Wirtschaftszeitungen neben dem Bett und einem Portemonnaie auf dem Nachttisch.

»Verstehst du?« fragte er leise.

»Ehrlich gesagt, nein«, gab ich zu.

»Komm näher ran.«

Er nahm mich bei der Hand und führte mich zum Nachttisch. Mit der rechten Pfote forderte er mich auf, in das Portemonnaie zu schauen. Es enthielt Geld. Ziemlich viele Münzen und ein paar Scheine. Ich wollte um eine Erklärung bitten, doch er legte eine seiner Klauen auf die Schnauze zum Zeichen, daß ich schweigen solle, und geleitete mich nach draußen.

»Anselm, sagst du mir endlich, was du da treibst?«

»Das ist die *New Economy*«, erklärte er mir. »Ich habe nur getan, was die Zeitungen alle schreiben.«

»Und zwar?«

»Na ja, ich habe alle meine Ersparnisse genommen und sie in die Börse gesteckt. Jetzt warte ich darauf, daß sie wachsen und sich vermehren, dann kann ich mir die Spazierratte selbst kaufen und muß nicht noch ein ganzes Jahr darauf warten, daß du mir eine schenkst. Allerdings schreiben sie, die Sache sei sehr heikel. Bisher ist noch nichts passiert.«

Ich überlegte, ob ich ihm den Unterschied zwischen einer Geldbörse und der Börse erklären sollte. Doch dann sagte ich mir, daß er so wenigstens nicht Gefahr lief, daß sich seine Ersparnisse innerhalb einer Sekunde in nichts auflösten. Ich beschloß zu schweigen.

»Bravo, Anselm«, sagte ich. »Aber du brauchst nicht den ganzen Tag dabeizustehen und zuzuschauen, was in der Börse vor sich geht.«

»Bist du sicher?«

»Absolut. Also zieh dich um, wir gehen eine Pizza essen. Und keine Sorge: Da du all dein Geld investiert hast, gebe ich eine aus.«

»Danke!« Er wedelte mit dem Schwanz, was die Nachttischlampe ihren Stand kostete, und eilte davon, sich umziehen.

Numero zwo!

Als ich von der Küche aus einen Schrei und unmittelbar darauf einen Schlag und einen dumpfen Aufprall hörte, dachte ich, Anselm habe soeben die Rechnung des Fußpflegers seines Vertrauens bekommen. Wenn Anselm die Rechnung des Fußpflegers seines Vertrauens erhält, eines Neapolitaners namens De Saster, passiert gewöhnlich folgendes: Erst schreit er, und dann springt er so hoch, daß er mit dem Kopf gegen die Decke knallt und schließlich landet er auf seinen vier Buchstaben. Also ließ ich die *Piemontesische Bagna Caoda,* die ich gerade zubereitete, und die Bananen stehen und liegen (Anselm pflegt Bananen in das kochendheiße Knoblauch-Sardellen-Öl zu tunken, in Brasilien, behauptet er, esse man die *Bagna Caoda* ausschließlich auf diese Weise) und lief zur Wohnungstür, wo er gerade die Post geöffnet hatte. Doch statt der Rechnung des neapolitanischen Fußpflegers seines Vertrauens hielt er einen weißen Umschlag in der Hand (pardon, in der Pfote), der in den Ecken mit vier rosa Herzchen verziert war. Zwar hatte er Schlag und dumpfen Aufprall auf die oben beschriebene Weise vollführt, doch auf seiner Nase zeichnete sich ein Ausdruck der Glückseligkeit ab, ganz anders als der, den Doktor De Saster bei ihm hervorruft.

»Was ist mit dir, Anselm?« fragte ich.

»Ach, nichts, es ist nur, Micol hat mir wieder geschrieben ...«

»Micol? Meinst du die Micol von neulich?«

»Ja, genau die. Lies.«

Micols Brief, in der gewohnten kindlichen Schrift verfaßt, lautete wie folgt:

Lieber Anselm,
hier ist Micol. Ich danke Dir tausendmal, daß Du mir geantwortet hast, das war sehr nett von Dir. Ich muß noch mehr Dinge über Dich wissen. Wenn Du zu den Zahnlosen gehörst, wie kannst Du dann Agnolotti und Pizza essen? Welche Farbe hast Du? Ist Dein Schwanz sehr lang? Kannst Du mir vielleicht ein Foto schicken? Ich habe ein Gedicht für Dich geschrieben, ich hoffe, es gefällt Dir.

ANSELM
Es war einmal ein Ameisenbär,
der war ein bißchen eitel
von der Sohle bis zum Scheitel,
am liebsten trug er Hosen
und aß Ravioli aus Dosen.

Viele Grüße von
Micol

Anselm und ich sahen uns an. Es bedurfte keiner Worte. Nachdem ich die Gasflammen ausgedreht hatte, setzte ich mich mit Stift und Papier an den Tisch, und er diktierte mir die folgende Antwort.

Liebste Micol,
erst einmal danke für die rosa Herzchen auf dem Briefumschlag. Dann TAUSEND DANK für das Gedicht! Es hat mir bisher nur einmal jemand ein Gedicht geschrieben; nicht mal, als ich klein war und zusammen mit meinen kleinen Brüdern Helmut, Horst und Heinz und meinen kleinen Schwestern Helga, Hilda und Hedda in Amazonien lebte, habe ich jemals eins bekommen – Du kannst Dir nicht vorstellen, wie gern ich es gelesen und Culicchia gezeigt habe. Zumal es ein wunderschönes Gedicht ist und sogar zwei Reime hat, am liebsten würde ich es ausschneiden und mir um den Hals hängen.
Aber erst einmal zu den Antworten, auf die Du wahrscheinlich schon sehnlich wartest. Agnolotti und Pizza und jede andere feste Nahrung sind kein Problem für mich. Ich sauge alles auf, und im Unterschied zu Euch Menschen verdaue ich auch ohne Kauen prächtig. Tatsächlich rühmten sich meine Mama Magdalena und mein Papa Fafner Freunden gegenüber stets, sie hätten mir einen Magen von der Robustheit einer Betonmischmaschine mitgegeben. Die Farbe meines Fells spielt ins Gräuliche mit Spuren von Silber, Bronze und Zink, zumindest steht das auf dem Schildchen, das ich unter der linken Achsel trage. Mein Schwanz ist ein Schwanz, weder zu lang noch zu kurz. Sagen wir, wenn ich mich anstrenge und

mich wie eine Katze um mich selbst drehe, kann ich ihn mit der Nase berühren, obwohl das in Anbetracht meiner langen Nase nicht viel heißen will. Was das Foto betrifft, tja, im Moment habe ich keines. Sobald ich ein bißchen Zeit habe, werde ich eins machen lassen und Dir schicken.

Viele dicke Ameisenbärengrüße,
Anselm

Hierauf warf ich meinem Freund einen fragenden Blick zu und konnte nicht an mich halten:

»Was soll das heißen, ›sobald ich ein bißchen Zeit habe‹? Es wäre mir neu, daß es dir an Zeit mangelt, Anselm.«

»Ach, das habe ich nur so dahingesagt. Außerdem weißt du, daß ich montags bis freitags beschäftigt bin.«

»Womit?«

»Wie, womit? Montags bis freitags zwischen zwei und viertel nach zwei läuft doch ›Reich und Schön‹!«

Anselm im Schwimmbad (Teil II)

Die schöne Jahreszeit rückt näher, meint Anselm, der ungeachtet seiner guten Vorsätze (»Hör mir bloß auf mit schlanker Linie, ich mag Ameisenmarmelade nun mal und esse sie auch, und ich lasse mich darin nicht von wem auch immer konditionieren«) mal wieder dringend etwas für sein Äußeres tun möchte. Angesichts der bevorstehenden Ferien will er sofort mit der Eliminierung dessen beginnen, was er als »mein antiästhetisches Bäuchlein« bezeichnet, obwohl dieses ihm in meinen Augen hervorragend steht (jene Ausbuchtung auf Höhe der Taille bildet nämlich ein Gegengewicht zu seiner Nase); gestern mußte ich ihn also wieder ins Schwimmbad begleiten, ein anderes diesmal, und ich hoffte nur, man würde sich nicht wieder so wegen seiner »Haare« anstellen.

»Zweimal, bitte«, sagte ich zur Kassiererin.

Sie riß die Eintrittskarten vom Blöckchen ab, ohne die Augen von ihrem Kreuzworträtsel zu heben, aber dann blickte sie doch auf, um das Geld entgegenzunehmen, das ich ihr durch die Scheibe reichte. Sie sah Anselm an. Sie sah mich an. Sie sah noch einmal Anselm an. Sie sah noch einmal mich an.

»Nein, Signore«, sagte sie daraufhin zu mir. »In unserem Schwimmbad ist der Zutritt für Hunde verboten. Tut mir leid, aber Ihr Tier muß draußen warten.«

»Hören Sie mich bitte an, mein Freund hier ist kein Hund. Er heißt Anselm, spricht verschiedenerlei Sprachen und hat einen Abschluß in Philosophie.«

»Na, und?«

»Na, und deshalb hat er das Recht, hier zu schwimmen, wie jeder andere auch.«

Sie hob den rechten Arm und deutete mit dem dazugehörigen Zeigefinger auf ein Schild an der Eingangstür. ZUTRITT FÜR HUNDE VERBOTEN, stand darauf.

»Sehen Sie das da?« fragte sie.

»Vielleicht habe ich mich nicht deutlich genug ausgedrückt. Anselm ist kein Hund. Anselm, sei so lieb, sag der Signora, daß du kein Hund bist.«

»Das stimmt, ich bin kein Hund«, sagte Anselm zu der Signora.

»Auch das noch!« rief diese aus. »Jetzt kommt mir heute morgen auch noch ein sprechender Hund unter. Lucia, komm dir das mal anschauen!«

Aus einem Kämmerlein tauchte Lucia auf. Offenbar war sie ebenfalls Kassiererin, denn sie sah genauso aus wie die Signora hinter der Glasscheibe. Ja, als ich sie eingehender betrachtete, bemerkte ich, daß es sich um eineiige, absolut identische Zwillinge handelte.

»Hör mal, wie gut der Hund des Signore da sprechen kann, Lucia«, sagte die Kassiererin zu ihrer Zwillingsschwester.

»Mein Freund ist kein Hund, das habe ich Ihnen bereits erklärt.«

»Das stimmt, ich bin kein Hund. Ich bin ein Ameisenbär«, bestätigte Anselm, unterm Arm die Tasche mit Badehose, Badekappe, Rettungsring, Schwimmflügeln, Flossen, Taucherbrille, Schlappen, Duschgel, Shampoo, Bademantel und Handtuch.

»Nicht zu fassen, ein sprechender Hund!« rief Lucia aus. »Unglaublich. Das ist mein allererster.«

»Ihr Hund ist wirklich lieb, Signore.« Die Kassiererin lächelte mich an. »Aber leider gestattet die Vorschrift keine Ausnahme. Hunde dürfen bei uns nicht ins Wasser, selbst wenn sie sprechen. Wissen Sie, das tun wir, um die Hygiene in dieser Einrichtung und die Gesundheit unserer Besucher zu schützen ...«

»Aber ich habe doch vorhin erst ein Bachblütenbad genommen«, protestierte Anselm.

»Es kommt vor, daß Hunde in ihrem Fell gefährliches Ungeziefer einschleppen: Flöhe, Zecken, Pappataci-Mükken und andere Parasiten ... Natürlich glaube ich Ihrem Hund. Aber was, wenn wir ihn heute hineinlassen, und morgen kommt ein anderer Signore mit Hund und erzählt mir, sein Tier habe auch zu Hause gebadet, obwohl das gar nicht stimmt, und dann zeigt ein Gast uns an, weil er sich im Schwimmbad Zecken geholt hat?«

»Signora, wie soll ich es Ihnen bloß erklären? Mein Freund hier ist kein Hund, sondern ein Ameisenbär, er kommt aus Brasilien und möchte nichts weiter als ein paar Bahnen schwimmen dürfen wegen seines, wie er es nennt, antiästhetischen Bäuchleins ...«

»Ich weiß, ich weiß, denken Sie, wir wüßten nicht Bescheid? Hunde stellen heutzutage ganz schöne Ansprüche, das ist bekannt, ein Marken-Mäntelchen hier, ein gepolstertes Körbchen da, ein vergoldetes Schippchen dort ... Ihrer will sogar mit ins Schwimmbad, und Sie können ihm einfach nichts abschlagen. Schlimmer als Kinder. Aber wenn ich Ihnen sage, daß es nicht geht, dann geht es nicht: Das Schild ist unmißverständlich. ZUTRITT FÜR HUNDE VERBOTEN, ich finde nicht, daß es daran etwas zu deuteln gibt.«

»Oder herumzudiskutieren«, fügte Lucia hinzu. »Aber unter uns gesagt: Das ist wirklich ein schöner Hund. Was für eine Rasse ist er denn? Terranova? Belgischer Schäferhund? Yorkshire?«

»Er ist kein Hund«, seufzte ich.

»Ich bin kein Hund«, wimmerte Anselm.

»Versuchen Sie's doch mal im städtischen Tierheim.

Dort kann man Ihnen bestimmt sagen, ob es vertragsgebundene Schwimmbäder gibt.«

»Vertragsgebunden mit wem?«

»Hm, ich weiß nicht, mit den Hunden. Vielleicht gibt es sogar im Tierheim selbst eins, man kann nie wissen.«

»Nein«, sagte ich. »Im Tierheim gibt es kein Schwimmbad. Da gibt es nur drei Tennisplätze und eine Eisbahn.«

»Tatsächlich?« wunderte sich die Kassiererin. »Hast du gehört, Lucia? Ganz schön auf Zack, diese Hunde!«

»Das kannst du laut sagen, das sind wirklich nicht mehr die Hunde von einst«, antwortete Lucia.

SONNENBRÄUNE

Von Anselms fehlgeschlagenem Versuch, angesichts der bevorstehenden Ferien ein wenig Schwimmsport zu treiben, wißt ihr bereits. Dem Bäuchleinproblem versucht mein Freund seitdem durch allmorgendliches Rumpfbeugen entgegenzuwirken. Doch wie so viele wünscht sich Anselm nicht nur, topfit zu sein, wenn der Sommer kommt. Nein: Er möchte auch schon Farbe haben.

Deshalb nutzt er fleißig unsere beiden Balkons, sowohl den zur Straße als auch den zum Hof. Deshalb schmiert er sich abends vor dem Schlafengehen von Kopf bis Fuß mit Selbstbräunungscreme ein, was zur Folge hat, daß Unmengen klebrigen Haars aus seinem Fell im Laken landen. Deshalb klappert er Märkte und Trödler auf der Suche nach einer Sonnenbank aus zweiter oder dritter Hand ab (zum Glück hat er noch keine gefunden: Ich habe nämlich Angst, daß der gute Anselm binnen einer Viertelstunde in Flammen steht). Deshalb versucht er vergeblich, ein Abonnement fürs Solarium zu erwerben, wo jedoch der »ZUTRITT FÜR HUNDE VERBOTEN« ist, wie im Schwimmbad. Und vor allem ist er deshalb ständig unterwegs zu den Parks am Fluß, bei denen es sich seiner Meinung nach um eine Art Binnenland-Copacabana handelt, der ideale

Ort in der Stadt, um sich ins Gras zu legen und braun zu werden.

»Anselm, verzeih meine Neugier«, sprach ich ihn neulich an. »Hast du eigentlich irgendeine Veränderung bemerkt, seit du all diese Bemühungen anstellst, braun zu werden?«

»Und ob!« antwortete er. »Im Vergleich zu früher verbringe ich viel mehr Zeit in der Sonne.«

»Das dachte ich mir. Ich wollte aber wissen, ob du zufällig brauner geworden bist.«

»Ob ich brauner geworden bin? Natürlich bin ich brauner geworden. Wieso, entschuldige, sieht man das nicht?«

»Wenn ich ehrlich sein soll, nicht besonders.«

Sofort verfinsterte sich seine Miene.

»Anselm, hast du schon mal daran gedacht, daß dein Fell ein wenig anders ist als unsere Haut? Ich möchte nicht, daß du dich da auf etwas versteifst und am Ende das Gegenteil erreichst.«

»Ich verstehe nicht, worauf du hinauswillst.«

»Vielleicht täusche ich mich ja, aber es ist gut möglich, daß dein Fell nicht dunkler wird, sondern ausbleicht, wenn du dich in die Sonne legst.«

Er begann sich mit der Schwanzspitze an der Nasenspitze zu kratzen. Ein Zeichen dafür, daß ich ihm einen Floh ins Ohr gesetzt hatte.

»Ich sehe, ich habe dir einen Floh ins Ohr gesetzt«, sagte ich und lächelte.

Sofort kratzte er sich mit den Hinterpfoten an beiden Ohren.

»Wie eklig, mein Gott, wie eklig, ich hasse Flöhe im Ohr, in welches hast du ihn mir gesetzt?«

»Hör schon auf, Anselm, das habe ich doch nicht wirklich getan. Das ist nur so eine Redensart, bitte entspann dich.«

»Gütiger Himmel, was habt ihr Menschen nur für schreckliche Redensarten!« platzte er heraus und kratzte sich wieder mit der Schwanzspitze an der Nasenspitze.

Ich ließ ihn eine Weile tun und machen. Ich wußte, daß er früher oder später mit einer Frage herausrücken würde.

»Meinst du wirklich, daß ich ausbleiche statt brauner zu werden?«

»Es gibt nur einen Weg, das herauszufinden, Anselm. Du mußt unter deinen Achseln nachsehen.«

Instinktiv schlang er die Vorderpfoten um den Oberkörper.

»Wieso, was ist unter meinen Achseln gewachsen?« fragte er mich bang.

»Gar nichts, wie kommst du denn darauf? Aber diese Stelle bekommt weniger Sonne ab als der übrige Körper. Wenn du das Achselfell mit dem übrigen vergleichst, kannst du selbst herausfinden, ob das, was wir befürchten, bereits eingetreten ist oder nicht.«

Da er in Wirklichkeit sehr schüchtern ist, ging er seine Achseln heimlich anschauen, allein im Bad. Es vergingen zwei Minuten. Es vergingen vier Minuten. Es vergingen acht Minuten. Es vergingen sechzehn Minuten. Es vergingen zweiunddreißig Minuten. Es vergingen vierundsechzig Minuten. Für ein Paar Achseln erschien mir das reichlich viel.

»Anselm!« rief ich.

Keine Antwort.

»Anselm, komm bitte aus dem Badezimmer.«

Nichts zu machen.

»Anselm, wenn du nicht sofort herauskommst, dann komme ich hinein, ob du willst oder nicht.«

Pustekuchen.

Ich ging hinein. Anselm lag ohnmächtig auf dem Fußboden zwischen Dusche und Bidet, alle Pfoten von sich gestreckt. Ich trat näher. Das Fell unter den Achseln war gut sichtbar. Und im Vergleich dazu schien Anselms übriges Fell einem Albino-Ameisenbären zu gehören. Was war da zu tun? Mein Freund atmete regelmäßig, also war er wirklich nur ohnmächtig geworden, wie üblich. Aus der Kammer holte ich braune Schuhcreme. Ich trug sie auf eine Bürste auf. Ich verteilte sie so gleichmäßig wie möglich über seinen ganzen Körper. Am Ende der Prozedur stank Anselm zwar ein bißchen, aber wenigstens war seine ursprüngliche Farbe zurückgekehrt. Daraufhin gab ich ihm ein paar Klapse auf die Schnauze, und er kam wieder zu sich.

SCHWEINE UND BÄUME

»Das ist unglaublich!« rief Anselm neulich beim Zeitunglesen. Er saß im Ikea-Schaukelstuhl, hatte die Pantoffeln an den Füßen (besser gesagt an den Hinterpfoten) und die Brille auf der Nase.

»Was ist unglaublich?« fragte ich vom Sofa aus, wo ich gerade das ›Wörterbuch der Gemeinplätze‹ unter dem Stichwort »BRÜNETTE. Heißer als Blondinen (siehe BLONDINEN)« konsultierte.

»Hör dir das an: ›In lediglich vier südafrikanischen Ländern reicht in diesem Jahr die Ernte aus, um den Hunger der Bevölkerung zu stillen. Es handelt sich dabei um Südafrika, Malawi, Zimbabwe und Sambia. Gleichzeitig belegt ein in England veröffentlichter Bericht, daß allein dort jährlich Supermarkt-Lebensmittel im Wert von 522 Millionen Dollar auf der Deponie oder in der Müllverbrennungsanlage landen. Mit diesem Lebensmittelberg könnte man 270 000 Menschen ernähren‹ ...«

Natürlich fielen mir siedendheiß die beiden Waldfruchtjoghurts ein, die ich am Morgen mit abgelaufenem Haltbarkeitsdatum ganz hinten im Kühlschrank gefunden und sofort weggeworfen hatte.

»Nach einer von der Regierung der Vereinigten Staaten

durchgeführten Studie«, fuhr Anselm fort, »wird mehr als ein Viertel der gesamten amerikanischen Lebensmittelproduktion nicht verzehrt. Verschwendet, und nicht zu knapp, wird bereits durch die Methoden, mit denen wir unsere Nahrung herstellen. Um eine Tonne Fleisch zu erzeugen, braucht man sieben Tonnen Getreide und 23 Millionen Liter Wasser, während zum Anbau von einer Tonne Getreide knapp 230000 Liter ausreichen... Durch den Verzicht auf Fleisch könnte jeder von uns gut viertausend Quadratmeter Wald pro Jahr retten.«

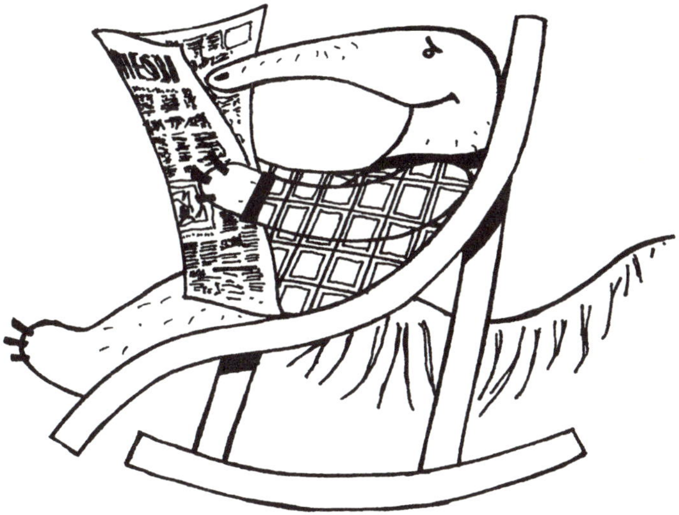

Als ich vom Sofa aufstand, kam ich mir vor wie ein Agent Orange-Derivat. Bei all den panierten Schnitzeln und Schinkenstullen, die ich in meinem Leben gegessen hatte, mußte ich allein einen Forst von der Größe des Schwarzwalds gekillt haben.

»Was meinst du«, wandte Anselm sich an mich, während er die Brille abnahm, »sind Ameisen ein Nahrungsmittel auf Fleischbasis?«

»Ich fürchte ja«, antwortete ich nach kurzem, aber intensivem Nachdenken. Schließlich hatte ich Ameisen noch nie als Nahrungsmittel angesehen.

»Aha«, sagte er darauf nur.

Eine Weile schwiegen wir. Dann stand er auf und ging in die Küche. Ein paar Minuten später kam er schon wieder zurück. In den Vorder- beziehungsweise Oberpfoten hielt er zwei Gläser Ameisenmarmelade: alles, was wir momentan an Fleischvorräten im Kühlschrank hatten.

»Ich kann dieses Zeug nicht länger essen, jetzt da ich all diese Dinge weiß. Da würde ich mich immer weiter zum Komplizen eines Baumozids machen. Aber ich kann sie auch nicht wegschmeißen. Was soll ich dann tun?«

»Gib her«, sagte ich ziemlich beeindruckt. Sein selbstinitiierter Verzicht auf die Ameisenmarmelade war dasselbe wie für mich ein freiwilliger Verzicht auf Nutella: schlichtweg unvorstellbar.

Ich las das Etikett auf einem der Gläser. I a BRASILIANISCHE AMEISEN, stand darauf. Und, etwas weiter unten: »Dieses Produkt enthält keine Zuchtameisen. Für die Herstellung der Marmelade in diesem Gefäß wurden ausschließlich Freilandameisen verwendet.«

»Keine Sorge, Anselm, auf deine Marmelade mußt du nicht verzichten ...«

»Im Ernst?« Seine Augen leuchteten.

»Das sind wilde Ameisen, keine Zuchtameisen.«

»So ein Glück!«

»Was mich hingegen betrifft ...«

Ich zögerte.

»Bäume sind etwas so Wunderbares«, säuselte Anselm mir zu. »Sag selbst, gibt es etwas Schöneres auf der Welt? Ganz zu schweigen von den Qualen, die all diese armen Kühe und Schweine durchmachen. Erinnerst du dich noch an das Schlachthofkapitel aus ›Berlin Alexanderplatz‹? Mit all diesen verschreckten Tieren und den Männern, die von Kopf bis Fuß mit ihrem Blut beschmiert waren? Ich werde kein Fleisch mehr anrühren, soviel ist sicher.«

»Na gut«, seufzte ich. »Ich auch nicht.«

Er hatte mich überzeugt.

Karussells

Ich weiß nicht recht warum, es muß wohl einer jener Momente der Schwäche gewesen sein, die von der typischen Sehnsucht nach der eigenen Kindheit verklärt sind, jedenfalls habe ich Anselm vor ein paar Tagen von damals erzählt, als die Karussells noch von Stadt zu Stadt zogen und man mit dem Riesenrad fahren und rings umher die Arkadenreihen und den Fluß bestaunen konnte, man selbst fuhr nach unten, wenn die anderen in die Höhe fuhren, und wenn die anderen nach unten fuhren, fuhr man selbst in die Höhe. Anselm machte große Augen.

»Ehrlich?« fragte er.

»Es war wunderschön. Der Wind trug eine Stadt herauf, wie ich sie seitdem nicht mehr gesehen habe«, bestätigte ich von meinem Berg an Erfahrungen herab.

»Und wann kommen die Karussells?«

»Hm, ehrlich gesagt, ich weiß es nicht, aber ich glaube nicht, daß sie überhaupt wiederkommen. Kannst du dir heutzutage noch Karussells auf der Piazza vorstellen, bei all den geparkten Autos? Früher gab es davon noch nicht so viele.«

»Und ob ich sie mir vorstellen kann. Man muß doch nur die Autos durch ein Halteverbot wegschaffen.«

»Hm. Und wenn wir uns dann darüber beklagen, daß man nicht mal abends, wenn man ins Kino oder ins Café will, einen Parkplatz findet?«

»Du weißt, wie wir ökologische Ameisenbären darüber denken. Man benutzt einfach die öffentlichen Verkehrsmittel, das ist in halb Europa das Normalste von der Welt.«

»Schon. Aber bei uns stellen die öffentlichen Verkehrsmittel noch vor Mitternacht den Betrieb ein. Wie soll man da um ein oder zwei Uhr nachts nach Hause kommen?«

»Ganz einfach, man geht zu Fuß.«

»Auch wenn es regnet oder schneit oder wenn man zehn Kilometer entfernt wohnt oder Grippe hat?«

»Wir Ameisenbären gehen seit Jahrhunderten zu Fuß durch Amazonien, da gibt es nämlich nicht so viele Annehmlichkeiten, und wir kommen wunderbar zurecht. Wie dem auch sei, du meinst also, solange die Autos da sind, kehrt das Riesenrad nicht auf die Piazza zurück?«

»Vielleicht würde es selbst dann nicht zurückkehren, wenn keine Autos dastünden. Jedenfalls redet man seit Jahren davon, die Autos durch den Bau von Tiefgaragen aus dem Stadtzentrum zu verbannen, aber wie du siehst, stehen sie immer noch da.«

»Verstehe. Ich muß mir also etwas einfallen lassen.«

Hätte ein anderer sie ausgesprochen, hätten diese Worte mich vielleicht nicht so beunruhigt. Aber da Anselm sie von sich gab ...

»Was genau meinst du mit: ›Ich muß mir also etwas einfallen lassen‹?«

»Och, das weiß ich jetzt doch noch nicht. Aber ich bin

noch nie mit dem Riesenrad auf der Piazza gefahren, und ich sehe nicht ein, warum ich darauf verzichten sollte ...«

»Anselm, auch du weißt, daß man nicht alles im Leben haben kann.«

»Alles nicht, aber ein Riesenrad auf der Piazza doch wohl schon ...«

»Außerdem kam das Riesenrad auf der Piazza immer zu Karneval, wenn mich mein Gedächtnis nicht täuscht. Und Karneval ist schon seit einer Weile vorbei, mein lieber Freund.«

Ohne etwas zu erwidern, zog Anselm sich ein Fleeceshirt und eine ärmellose Daunenweste über (Kleidungsstücke, die ihn, um bei der Wahrheit zu bleiben, ein bißchen dick machen, dabei leidet er insgeheim unter der Tatsache, daß er übergewichtig ist, aber in diesem Punkt ist nicht mit ihm zu reden) und verließ das Haus. Selbstverständlich habe ich es mir nicht zweimal überlegt. Ich mußte ihm unauffällig folgen, um zu verhindern, daß er sich selbst in Schwierigkeiten brachte. Wie ich ihn einschätzte, würde er versuchen, ganz allein die Autos von der Piazza zu vertreiben.

Auf dem Balkon wartete ich, bis ich ihn aus der Haustür treten sah, dann stürzte ich die Treppen hinunter und folgte ihm im sicheren Abstand von etwa zwanzig Schritten, es können aber auch neunzehn oder einundzwanzig gewesen sein. Anders als erwartet, steuerte er nicht sofort den fraglichen Ort an, sondern betrat einen Copyshop. Während er in dem Laden war, setzte ich mir eine falsche Nase auf und legte mich auf die Lauer. Ein paar Minuten später kam Anselm wieder heraus; unter den Armen (beziehungsweise unter den Vorderbeinen) trug er sorgfältig verschnürte Stapel mit Hunderten von Flugblättern. Ich sah ihn, er jedoch erkannte mich nicht, weshalb ich ihm problemlos bis zur Piazza folgen konnte. Langsam, aber methodisch begann er seine Flugblätter unter die Scheibenwischer der Autos zu klemmen.

Ich wartete, bis er wieder verschwunden war, und näherte mich dann einem alten amarantroten Fiat 126. Auf dem Flugblatt stand:

HALLO, HERR AUTOFAHRER,

WIR SIND DIE KLEINEN KINDER VON DER PIAZZA.

WIR BITTEN DICH, DEIN AUTO WOANDERS ZU PARKEN. DADURCH WIRD DIE PIAZZA WIEDER VIEL SCHÖNER, UND DAS RIESENRAD KOMMT ZURÜCK.

KINDER

Heute beim Mittagessen saß Anselm gemütlich im Ikea-Schaukelstuhl. Bei laufendem Fernseher, einen Teller dampfende Trenette mit Cinque-Terre-Pesto auf den Knien und ein Glas Weißwein auf dem Schwanz balancierend (von Zeit zu Zeit benutzt er ihn ganz gern als Tablett, er denkt, ich stürbe vor Neid, weil ich nämlich keinen Schwanz habe), quiekte er glücklich zwischen einem Bissen und dem nächsten. Dann zeigten die Dreizehn-Uhr-Nachrichten einen Bericht aus Rußland. Ich wollte den Apparat ausschalten, denn eigentlich esse ich lieber ohne Fernsehen, und hatte die Fernbedienung schon in der Hand, als er mir mit einer Geste Einhalt gebot.

»Warte!« rief er. »Ich will das hören.«

»Nach dem Ende der kommunistischen Herrschaft«, sagte der Sprecher, »kamen die Russen endlich auch in den Genuß von Kapitalismus und Freihandel und konnten die Chancen wahrnehmen, die die neue Marktwirtschaft für alle bereithielt ...«

In der Flimmerkiste sah man ausgemergelte Gesichter, blonde Haarschöpfe, dreckige und zerrissene Kleider. Eine Gruppe Kinder unter zwölf Jahren.

»Natürlich brachte der Übergang vom Kommunismus

zu einem demokratischen System westlicher Prägung auch die eine oder andere unangenehme Begleiterscheinung mit sich: Mafia, Korruption, Arbeitslosigkeit. Diese Kinder hier, die aus Familien geflohen sind, in denen beide Elternteile ihre Arbeit verloren haben und in denen das Problem des Alkoholismus erschreckende Ausmaße angenommen hat, haben jedoch im Moskauer Untergrund eine neue Heimat gefunden ...«

Ein vier- oder fünfjähriges Kind kauerte in einer U-Bahnstation auf einem Stück Karton und spielte Ziehharmonika.

»Doch nun widmen Sie Ihre Aufmerksamkeit bitte den Empfehlungen unserer Sponsoren für Ihren Einkauf ...«

Auf dem Bildschirm hatte ein neues Handymodell die Bilder aus Rußland ersetzt. Ich blickte zu Anselm herüber. Doch der saß nicht mehr in seinem Ikea-Stuhl.

»Anselm!« rief ich.

Keine Antwort.

»Anselm, wo bist du?« versuchte ich es wieder.

Nichts zu machen.

»Anselm, darf man erfahren, wo du steckst?«

Fehlanzeige.

Ich warf einen Blick in die Küche. Dort war er nicht. Ich öffnete die Tür zur Abstellkammer. Nichts. Ich klopfte an die Badezimmertür. *Nada.* Blieb nur noch sein Zimmer.

»Anselm, bist du da drin?« flüsterte ich durch die halb geöffnete Tür.

Ich erhielt keine Antwort.

»Anselm, ich weiß, daß du da bist. In der Küche und im Badezimmer habe ich bereits nachgesehen ...«

»Und in der Abstellkammer?« flüsterte er zurück.

»Da auch. Aber da du mich das fragst, denke ich, daß ich dich eigentlich schon gefunden habe. Oder irre ich mich?«

»Tscha ...«, seufzte er.

»Stimmt was nicht?«

»Tscha ...«, wiederholte er.

»Können wir darüber sprechen?«

»Wenn du unbedingt willscht ...«

Er kam herausgeschlichen, nein: herausgeameisenbärt. Dicke Tränen kullerten über das Fell an seiner Nase, er schluchzte verzweifelt.

»Was hast du, Anselm?« fragte ich und packte ihn an den Schultern.

Er zog ein riesiges Taschentuch aus der Katzenfelltasche und schneuzte ziemlich lautstark hinein, wodurch er die Fensterscheiben erzittern ließ.

»Diese Kinder«, stammelte er. »Die brauchen ganz was

anderes als Karussells. Ich kann da nicht einfach zugucken ... Ich will etwas für sie tun, ihnen helfen.«

»Rußland ist weit, Anselm, das wird nicht einfach ...«

Er stampfte mit den Füßen auf den Boden und wedelte mit dem Schwanz nach links und rechts.

»DOCH, DOCH, DOCH, ICH WILL DIESEN KINDERN HELFEN, SIE SEHEN AUS WIE KLEINE VERLORENE AMEISENBÄRCHEN, UND DU MUSST MIR DABEI HELFEN. MIR HELFEN, IHNEN ZU HELFEN, VERSTANDEN?«

»In Ordnung, Anselm, wie du willst.«

Anselm schreibt

Noch am selben Abend setzten wir uns an meinen Mac, und nach Anselms Diktat schrieb ich:

Lieber Herr Adoptionsminister,
ich heiße Anselm und bin ein Ameisenbär mit Abitur von einem Sprachengymnasium und einem Abschluß in Philosophie, ich habe die brasilianische Staatsangehörigkeit, wohne aber seit zehn Jahren in Italien bei Culicchia. Heute beim Mittagessen habe ich im Fernsehen gesehen, wie die Kinder in Rußland leben. Das hat mich sehr gerührt, und auch wenn Culicchia sagt, daß es den Kindern in Afrika und Asien und Lateinamerika und mancherorts sogar hier in Europa ebenfalls nicht gutgeht, habe ich die russischen nun mal gesehen, und deshalb wende ich mich an Sie. Da ich etwas tun möchte, dachte ich mir, ich könnte vielleicht zwei von ihnen adoptieren. Wir leben zwar auf knapp vierzig Quadratmetern, aber hier bei uns wären sie in Sicherheit und in einer liebevollen Umgebung und würden gesund und stark werden, und ich würde sie höchstpersönlich (oder vielleicht höchstameisenbärlich) sowohl in den Kindergarten

als auch in die Grundschule und später in die Mittelschule und in die Oberschule und nötigenfalls auch zur Universität begleiten. Um ihnen die Möglichkeit zu geben, zu lernen und anständig aufzuwachsen, bin ich bereit, mir eine Arbeit zu suchen (obwohl Culicchia meint, seine wäre ausreichend) und auf meine Ameisenmarmelade zu verzichten (die ich mir alle paar Monate aus Rio de Janeiro schicken lasse und bei der es sich wahrlich um eine überflüssige Ausgabe handelt).
In der Hoffnung, daß meinem Gesuch stattgegeben wird, verbleibe ich mit freundlichen Grüßen

Anselm

PS: Lieber Herr Adoptionsminister, sagen Sie bitte nicht nein. Ich bin ein so liebevoller Ameisenbär.

2. PS: Falls es nicht möglich ist, zwei kleine Russen zu adoptieren, seien Sie versichert, daß ich genauso glücklich wäre, zwei kleine Guatemalteken, Ruander oder Kambodschaner aufzunehmen.

Nach Beendigung des Diktats sah ich meinen Freund an.

»Ist das alles? Willst du noch etwas hinzufügen?« fragte ich ihn.

»Och, ich finde, das geht so. Was meinst du?«

»Na ja, das ist schon eine etwas ungewöhnliche Anfrage.«

»Wegen der brasilianischen Staatsangehörigkeit?«

»Nicht nur.«

Er setzte die Brille auf und las alles noch einmal durch.

»Ehrlich gesagt, ich kann daran nichts Seltsames finden: Ein brasilianischer Ameisenbär schreibt an einen italienischen Minister und bittet darum, zwei russische Kinder adoptieren zu dürfen. Entschuldige, aber was ist daran nicht in Ordnung?«

Ich hüstelte, während ich den Drucker anwarf.

»Du hast recht, es ist wirklich nicht einzusehen, warum sie sich weigern sollten, dein Gesuch zu prüfen.«

»Das will ich meinen«, platzte er heraus.

Der Drucker spuckte den Brief aus, und Anselm nahm ihn sofort an sich.

»Morgen früh schicke ich ihn per Einschreiben los. Einschreiben mit Rückschein. Und dazu als Eil-, Expreß- und First-Class-Brief.«

Da möchte ich aber nicht in der Haut der Schalterbeamtin stecken, dachte ich bei diesen Worten.

»Und dann muß ich mich vorbereiten«, fügte er hinzu.

»Dich vorbereiten?«

»Natürlich. Stell dir vor, das Ministerium schickt uns nächste Woche die Kleinen. Wie sollen wir sie empfangen? Mit leeren Händen und Pfoten?«

»Ich glaube wirklich nicht, daß es so schnell geht, Anselm. Selbst wenn deinem Gesuch stattgegeben wird, können sich Adoptionen meines Wissens über Monate hinziehen, manchmal sogar über Jahre. Die haben die Kinder doch nicht auf Lager, so daß du einfach welche bestellst und die sie dir dann sofort per Nachnahme schicken.«

Mit einem Schwanzhieb warf er den Ficus um, der bis

zu diesem Augenblick hinter dem Computer gediehen war.

»In Ordnung, dann schicke ich den Brief auch noch per Luftpost, dann geht es schneller, und der Minister wird von soviel Sorge so beeindruckt sein, daß er mir die Kinder früher schickt als üblich.«

Unbelehrbar. Aber so sind Träumer eben.

SÜSSE ZEIT DES WARTENS

»Was ist jetzt, bist du endlich fertig?«

»Augenblick noch, Anselm, nur noch einen Augenblick.«

»Sag mal, wie lange brauchst du denn noch?«

»Ich bin fast fertig.«

»Du schreibst hier doch kein unsterbliches Meisterwerk, was weiß ich, die ›Göttliche Komödie‹ oder ›Romeo und Julia‹ oder ›Die Brüder Karamasow‹ ...«

Ich warf ihm einen bösen Blick zu. Er stand da, auf der Schwelle meines Arbeitszimmers, die ja auch die Schwelle meines Schlafzimmers, des Bads und der Küche ist, tipptopp gekleidet (Trachtenjanker aus grünem Loden, weißes Hemd mit aufgestickten kleinen Kühen, Kniestrümpfe aus dicker Wolle und Bergstiefel, auf seine Art höchst elegant) und darauf brennend, endlich aufzubrechen, als dürfte man keine Zeit mehr verlieren und müßte auf der Stelle all die Dinge auf der Liste einkaufen, die aus der Katzenfelltasche an seinem Hintern lugte.

»Ich bin dabei, deine Abenteuer aufzuschreiben, Anselm, ich weiß nicht, ob ich mich klar ausdrücke. Ich frage mich, wo du wärst, wenn ich mich dem nicht ein paar Stunden täglich widmen würde.«

»Irgendwo in Amazonien, nehme ich an«, schnitt er mir das Wort ab und drehte mir den Rücken zu. Sei's drum, zehn Minuten später war ich abmarschbereit. Und obwohl er ein bißchen mit mir schmollte, gingen wir gemeinsam aus dem Haus.

Als erstes schauten wir auf einen Sprung in der Apotheke vorbei (Anselm berechnete die Entfernung falsch und landete auf einem Ständer mit Produkten gegen Cellulitis, und da er auch noch das Gleichgewicht verlor, prallte er gegen eine Signora im Pelz, die sich zum Glück aber nicht aufregte, da sie ihn mit einer Freundin verwechselte).

Anselm, der unbedingt mit seiner von der brasilianischen Nationalbank ausgestellten Kreditkarte bezahlen wollte, kaufte zwei Zahnbürsten in Form von Goofy und Onkel Donald, zwei Tuben Zahnpasta mit Himbeergeschmack, zwei Maxipackungen Windeln, zwei Fläschchen, zwei Sauger, zwei Minithermometer und zwei Schnuller. Bei Benetton 0-12 deckte er sich mit Unterhöschen, Unterhemdchen, Überhöschen, Überhemdchen, Schühchen, Söckchen, Hütchen, Pullöverchen und Schalchen ein, jeweils sowohl in Rosa als auch in Hellblau. Was man eben so braucht, mit Ausnahme der Strampelanzüge. Zu deren Erwerb betraten wir das Kurzwarengeschäft einer Signora, die, als sie sah, was wir in Dutzenden von Paketen und Päckchen hinter uns herschleiften, uns unbedingt aushorchen mußte.

»Sagen Sie, wie viele Nichten und Neffen haben Sie eigentlich?« lächelte sie uns an, während sie den Bon für die beiden Strampelanzüge tippte. Einen hellblauen und einen rosafarbigen selbstverständlich.

»Bisher noch keinen«, kam ich Anselm zuvor. »Aber sie kommen bald.«

»Und Sie wissen schon jetzt, daß es ein Junge und ein Mädchen werden?«

Anselm und ich sahen uns verdutzt an.

»Nein, ehrlich gesagt wissen wir nicht, ob es ein Junge und ein Mädchen wird«, gab ich zu.

»Ich habe nur zwei Kinder bestellt, ohne besondere Vorgaben. Aber ich hoffe stark, daß sie sie uns sortiert schicken«, brummte Anselm.

»Sortiert?« wunderte sich die Signora. »Entschuldigen Sie bitte, aber wie meinen Sie das, Sie hätten zwei Kinder bestellt? Ich dachte, es ginge um Kinder einer Verwandten von Ihnen ...«

»So ist es«, erklärte ich ihr. »Nur daß mein Freund hier Brasilianer ist und sich nicht so gut ausdrücken kann. Jedenfalls vielen Dank und auf Wiedersehen.«

Anselm wollte schon den Mund aufmachen, doch ich zog ihn aus dem Geschäft, bevor er noch etwas hinzufügen konnte.

»Aber ich wollte ihr doch noch sagen, daß wir diese Kinder adoptieren wollen!« protestierte er.

»Beruhige dich, Anselm: Wenn du eine Kurzwarenverkäuferin wärst und dir gegenüber stünde ein Ameisenbär in Tirolertracht, der dir erzählt, er will zwei Kinder adoptieren, und der am Tag, nachdem er das Adoptionsgesuch abgeschickt hat, schon all diese Sachen kauft, was würdest du da denken?«

Er dachte darüber nach.

»Daß dieser Ameisenbär schwer in Ordnung ist«, sagte er dann.

EIN ENGEL

Gestern vormittag so gegen elf kam Anselm atemloser nach Hause als sonst. Ich schreibe »atemloser als sonst«, weil Anselm seit einigen Tagen immer außer Atem ist, wenn er um diese Zeit nach Hause kommt. Aber weniger wegen der vier Stockwerke (in unserem Haus gibt es bekanntlich keinen Aufzug), sondern eher wegen der zwanzig Minuten, die er jeden Morgen nach dem Frühstück läuft, »um den Briefträgerstreß zu bekämpfen«, wie er sagt. Seit nunmehr einer Woche lebt er nämlich in Erwartung der Antwort aus dem Adoptionsministerium; und da er aufgrund des Briefträgerstresses noch ein paar Kilo mehr zugelegt hat (wegen all der Brötchen mit Ameisenmarmelade), ist mir schon klar, warum er sich ausgerechnet aufs Joggen gestürzt hat. Das Fell klatschnaß, die Zunge heraushängend (im wahrsten Sinne des Wortes, denn wenn Anselm die Zunge heraushängen läßt, dann läßt er sie wirklich heraushängen: Sie ist noch auf der Treppe, wenn er schon längst in der Küche steht), ein leichtes Zittern in den Knien, vermittelte mein Freund den Eindruck, als stünde er kurz vorm Herzinfarkt.

»Mensch, Anselm, was ist los? Ist der Brief aus Rom angekommen?« fragte ich ihn.

»Hechel-hechel«, antwortete er – er hat nämlich zu viele Comics gelesen – und schüttelte den Kopf.

»Bist du sicher, daß diese Antistreß- und Gesundheitsmanie gesund ist? Seit einer Woche kommst du jeden Vormittag mehr tot als lebendig nach Hause, vielleicht solltest du dir mal eine Ruhepause gönnen. Schau mich an: Seit der neunten Klasse Handelsschule treibe ich keinerlei Sport mehr, in der Turnstunde habe ich Schach oder Risiko gespielt, ich nehme das Auto selbst dann, wenn ich nur vom Schlafzimmer ins Bad will, ich habe noch nie eine Turnhalle von innen gesehen, und trotzdem geht's mir prima, bis auf die fünf- oder sechsmal, als ich vor dem Mac einen steifen Hals bekam und wir den Chiropraktiker rufen mußten ...«

»Nur keine Panik«, unterbrach er mich. »Körperlich bin ich topfit. Aber vorhin beim Joggen habe ich einen Engel gesehen.«

»Einen Engel?«

»Einen Engel auf dem Fahrrad.«

»Einen Engel auf dem Fahrrad?«

»Einen Engel auf dem Fahrrad mit Flügeln aus Glas.«

»Einen Engel auf dem Fahrrad mit Flügeln aus Glas?«

»Ja, gleich hier unten, komm und überzeuge dich selbst. Es ist ein alter Engel, und er radelt sehr langsam, wir holen ihn bestimmt ein. Vielleicht ist das ja ein Zeichen. Ich meine, wegen der Kinder.«

Na bitte, dachte ich, ich hab's ja gewußt, daß sich der Millenniums-Effekt früher oder später bemerkbar machen würde. Jetzt sieht Anselm schon Engel auf dem Fahrrad mit Flügeln aus Glas, die zu ihm geradelt kommen und ihm die Frohe Botschaft überbringen. Gut möglich, daß er auch noch seine mystische Ader entdeckt und Ameisenbärenmönch werden will.

»Was ist jetzt, kommst du dir nun den Engel ansehen oder nicht?« unterbrach Anselms Stimme meine Überlegungen.

Was nun? Ihm den Gefallen tun? Einen Arzt rufen? In Ordnung, sagte ich mir, gehen wir.

»In Ordnung«, sagte ich. »Gehen wir.«

Anselm stürmte die Treppen hinunter. Ich stürmte die Treppen hinunter. Anselm schoß auf die Straße. Ich schoß auf die Straße. Anselm machte sich an die Verfolgung des Engels auf dem Fahrrad mit den Flügeln aus Glas. Ich machte mich an die Verfolgung des Engels auf dem Fahrrad mit den Flügeln aus Glas. Während ich mich vorwärtsschleppte, sah ich mich um. Von Engeln nicht die leiseste Spur.

Dann blieb Anselm plötzlich stehen, starr wie ein Jagdhund, der die Beute stellt. Unbeweglich auf drei Pfoten, die vierte (die vordere rechte, um genau zu sein) auf halber Höhe schwebend, Nase nach vorn, Schwanz nach oben, wie eine Statue. Ich mußte an den Setter meines Vaters denken und blickte auf die Stelle, auf die Anselms Nase gerichtet war. Und genau dort, an der Ecke eines Platzes, sah ich den Engel auf dem Fahrrad mit den Flügeln aus Glas. Er war um die sechzig, mit beigefarbener Schiebermütze, beigefarbener Jacke, beigefarbener Hose, und auf dem Rücken trug er ein hölzernes Gestell beziehungsweise einen Rahmen, der seinen Kopf um ein gutes Stück überragte. Und in dem Rahmen transportierte er mehrere Fensterscheiben. Endlich verstand ich.

»Sag, Anselm, möchtest du deinen Engel glücklich machen?«

»Ja!« flüsterte er. »Was soll ich tun?«

»Nimm einen Stein und wirf ein Fenster ein.«

Anselm gibt nicht auf

»Sehr geehrter Herr Dr. Anselm.« So und nicht anders begann der Brief des Adoptionsministers, der unerklärlicherweise nach nur wenigen Wochen eintraf. Anselms Einschreibe-, Eil-, Expreß-, First-Class- und Luftpostbrief mußte tatsächlich bevorzugt behandelt worden sein.

> Wir haben Ihr Gesuch bezüglich der beiden russischen – oder alternativ guatemaltekischen, ruandischen oder kambodschanischen – Kinder, die Sie Ihrer Obhut anvertraut haben möchten, sehr aufmerksam geprüft und haben Ihre unzweifelhafte Bereitschaft zur Kenntnis genommen, durchaus bedeutende Opfer zu bringen – hierbei beziehen wir uns auf die angedeutete Möglichkeit eines Verzichts auf Ameisenmarmelade –, um die Minderjährigen, die wir Ihnen eventuell zur Adoption freigeben könnten, unter angemessenen Bedingungen aufzuziehen. Doch obwohl und auch wenn von seiten der zuständigen Ministerialkommission alles mögliche getan wurde, nicht die Tatsache in Betracht zu ziehen, daß Sie einen Schwanz haben, so haben Sie, Herr Dr. Anselm, dennoch unzweifelhaft einen Schwanz. Und nach der

unanfechtbaren Meinung unserer Psychiater würden die Kinder, die wir Ihnen gegebenenfalls zur Adoption überlassen könnten, in einem Zustand offensichtlicher Verwirrung aufwachsen, sobald sie erst bemerken würden, daß sie ihrerseits keinen Schwanz haben. Aus diesem Grund müssen wir Ihnen leider mitteilen, daß Ihr Gesuch mit heutigem Datum abgelehnt, kassiert, zurückgewiesen und abschlägig beschieden worden ist.

Gezeichnet: der Minister

Anselm hielt das ministerielle Papier fest mit der rechten Pfote umklammert. Um lesen zu können, was man ihm mitteilte, mußte ich mich auf den Boden legen, so daß ich mich auf seiner Höhe befand, denn als er den Umschlag aus Rom geöffnet und den Inhalt erspäht hatte, war er ohnmächtig auf den Fußboden vor der Tür gesunken.

»Anselm«, rief ich ihn.

»Hhhhhhh«, röchelte er.

»Komm, halt dich an mir fest, ich helfe dir hoch.«

Er hielt sich an mir fest.

»Schau, das war doch zu erwarten. So eine Adoption macht man nicht einfach mit links ...«

»Stimmt«, hauchte er. »Besonders, wenn man einen Schwanz hat.«

In diesem Augenblick verstand ich, daß die Schlußfolgerungen, zu denen die Psychiater des Ministeriums gelangt waren, ihn tief getroffen hatten.

»Diese Kinder hätten es gut bei uns ... obwohl ich einen Schwanz habe. Glaubst du nicht auch?«

»Aber gewiß doch, Anselm, gewiß. Die Typen im Ministerium kennen dich nicht, sonst hätten sie es sich nicht zweimal überlegt und dir die Kinder anvertraut, das versichere ich dir.«

Ich begleitete ihn in die Küche und goß ihm ein Glas Wasser ein, damit er sich von dem Schock erholte. Er war bleich und hatte Ringe unter den Augen. Um die Wahrheit zu sagen, er ähnelte jetzt mehr einem Panda als einem Ameisenbären.

»Und meine armen Kinder? Wie sollen sie bloß den nächsten Winter überstehen, unter diesen Bedingungen?«

»Jemand anders wird sie adoptieren, Anselm, du wirst sehen«, versuchte ich ihn zu trösten.

»Jemand anders, jaja, jemand anders ... Immer ist es jemand anders, der sich darum kümmern wird, die Bilder, die wir gesehen haben, sind ja der beste Beweis ...«

»Schau, Anselm, manchmal muß man sich mit den Dingen eben abfinden ...«

Er sah mir geradewegs in die Augen.

»O nein, ich finde mich nicht damit ab. Finde du dich doch damit ab, wenn du magst.«

Und damit ließ er mich stehen, ging in sein Zimmer und schloß sich ein.

HUNGERSTREIK

»Anselm, komm raus, bitte.«

»Nein, ich komme nicht raus.«

»Anselm, dein Verhalten ist richtiggehend kindisch, begreifst du das nicht?«

»Na und? Ich bin doch auch erst zwölf, nicht wahr?«

»Ich weiß, ich weiß. Aber zwölf Ameisenbärenjahre sind nicht dasselbe wie zwölf Menschenjahre.«

»Zum Glück! Manchmal möchte ich wirklich nicht das geringste mit euch Menschen gemeinsam haben.«

Wir sprachen durch die Tür seines Zimmers. Kein Zweifel, er war wirklich auf dem Kriegspfad.

»Anselm, seit vier Tagen bist du jetzt da drin, ohne etwas zu essen. Du hast sogar die beiden Dosen Ameisenmarmelade vor die Tür gestellt, die du für Notfälle unter dem Bett versteckt hast …«

»Das ist meine Sache.«

»Nein, das ist nicht nur deine Sache. Das ist auch meine Sache. Ich habe nicht die Absicht, deinen Hungerstreik tatenlos mitanzusehen.«

»Und warum?«

»Weil du mein Freund bist, mein lieber Anselm, und weil mir an deiner Gesundheit sehr viel liegt. Und überhaupt, wenn du dich weigerst herauszukommen, wie soll ich dann weiter über deine Abenteuer schreiben?«

»Sieh halt zu. Streng dich an. Bemühe deine Phantasie. Das ist dein Problem, das hat nichts mit mir zu tun.«

Ich hatte ihn noch nie so wütend erlebt.

»Los, Anselm, sei nicht so stur ... Da fällt mir ein, als ich heute morgen einkaufen war, bin ich in einem Delikatessengeschäft vorbeigegangen und habe Gnocchi, Rosenkohl und zwei Schälchen Crème caramel mitgenommen ...«

Keine Antwort.

»... und soeben habe ich eine doppelte Portion Pommes frites in den Backofen geschoben ...«

Er blieb hart.

»Und dann erst die Vorspeise! Stell dir vor, in der Anrichte habe ich noch ein paar Dosen Paprika mit Sardellen in Öl gefunden ...«

»Meinst du im Ernst, du könntest mich so leicht rumkriegen?« unterbrach er mich.

»Ganz und gar nicht meine ich das, Anselm, bestimmt nicht.«

In der Küche buk ich die Pommes frites goldgelb und machte den Rosenkohl warm. Unterdessen siedeten die Gnocchi. Ich mußte sie nur noch abgießen und mit etwas Salbei in Butter schwenken. Wenn alles erst mal fertig wäre, da war ich mir sicher, bräuchte ich nur noch die Düfte in Anselms Nase steigen zu lassen.

»Et voilà!« rief ich wie Maître Escoffier und stellte die Speisen vor die Zimmertür meines Ameisenbärenfreundes. »Mittagessen ist fertig!«

Ich wußte, daß Anselms erstaunlicher Geruchssinn dieses Feuerwerk der Düfte innerhalb weniger Sekunden orten würde. Noch wenige Augenblicke, und er würde aufgeben.

»Ist illis imsinst«, belehrte mich jedoch seine leicht veränderte Stimme eines Besseren. *»Ich hibi mir ini Wischiklimmir if di Nisi gisitzt, im di Issinsgirichi nicht zi richin.«*

»Was soll das heißen: ›Ist alles umsonst, ich habe mir eine Wäscheklammer auf die Nase gesetzt, um die Essensgerüche nicht zu riechen‹? Das ist unfair!«

»Isgirichnit di sprichst vin infir!«

»In Ordnung, ich gebe auf. Was muß ich tun, damit du herauskommst?«

»Di mißt mir virsprichin, diß di mir dibi hilfin wirst, di rissischin Kindir zi idiptirin.«

»Einverstanden, ich werde dir dabei helfen, die russischen Kinder zu adoptieren. Aber nicht alle, hoffe ich.«

»Nein, zwei sind genug.« Anselm hatte die Klammer abgenommen und die Tür aufgerissen und strahlte mich an.

Woraufhin er sich glücklich über das wohlverdiente Essen hermachte.

Natascha und Aljoscha

»Na ja, das ist natürlich nicht ganz dasselbe.«

Mein Freund betrachtete die beiden Fotografien.

»Ich habe nie behauptet, daß es dasselbe wäre, Anselm.«

»Und du meinst, ich könnte mich darauf verlassen …«

»Menschenskind, natürlich kannst du dich darauf verlassen! Das nennt sich Fernadoption. Wenn sie älter sind, werden sie dir weitere Fotos schicken, du kannst sie besuchen, und sie werden dir schreiben.«

»Wer, sie?«

»Natascha und Aljoscha.«

»Aber sie ist zwei Jahre alt und er anderthalb. Können Russen in dem Alter schon schreiben?«

»Selbstverständlich nicht, Anselm. Du wirst dich ein bißchen gedulden müssen, so lange, bis sie in die Grundschule gehen … die sie allerdings nie besuchen könnten, wenn du dich nicht entschlossen hättest, ihnen am Ende jeden Monats einen Teil deiner Ersparnisse zu schicken. Und das tut wirklich nicht jeder.«

»Danke«, errötete er, sichtlich verlegen.

»Weißt du was? Heute abend feiern wir im Restaurant. Du und ich und Natascha und Aljoscha.«

»Du meinst, sie kommen auch?« Seine Miene hellte sich auf, während sich sein Schwanz wie gewöhnlich zum Zeichen der Freude aufrichtete.

»Nein, Anselm, die Kinder feiern aus der Ferne mit. Es ist unwahrscheinlich, daß sie es bis zum Abendessen hierherschaffen, jetzt ist es doch schon fünf Uhr, und überhaupt leben sie ja in einem Waisenhaus in Moskau.«

Augenblicklich sank sein Schwanz wieder herunter.

»Du hast recht, wir müssen wohl allein feiern. Dann laß uns aber so tun, als ob Natascha und Aljoscha dabei wären, versprochen?«

»Versprochen.«

»Großes Ehrenwort?«

»Großes Ehrenwort, Anselm, ganz großes Ehrenwort.«

Um acht saßen wir an einem Tisch in der einzigen Trattoria der Stadt, wo man zum Nachtisch Tarte Tatin bekommt, einen umgestürzten Apfelkuchen, für den mein Freund sterben würde. Nach drei vor dem Spiegel ver-

brachten Stunden sah Anselm aus wie ein blinkender Kapitän auf großer Fahrt: dunkelblauer Zweireiher mit vergoldeten Yves-Saint-Laurent-Knöpfen (die Jacke hatte er auf einem seiner Spaziergänge durch ein besseres Stadtviertel im Müll gefunden), weißes Poloshirt und Segelschuhe, die er ohne Strümpfe trug, gerade so, wie dies waschechte Seebären tun (im vorliegenden Fall waschechte Landameisenbären).

Aber ich glaube nicht, daß die Gäste, die an den umliegenden Tischen saßen, oder die Kellner, die zwischen der Küche und den Tischen hin- und hereilten, besonders Notiz von dem extravaganten Tischgenossen nahmen, der mir gegenübersaß. Alle Blicke des Lokals waren nämlich auf die beiden Plätze neben uns gerichtet: Den einen besetzte ein hellblauer Strampelanzug beziehungsweise symbolisch Aljoscha, den anderen ein rosa Strampelanzug, und das hieß, ebenso symbolisch, Natascha.

Statt Tellern (in diesem Punkt hatte Anselm nicht mit sich reden lassen) standen vor ihnen die Fläschchen. Und an jedem Fläschchen lehnte das Foto seines kleinen Besitzers.

»Sind sie nicht zwei Engelchen?« fragte Anselm, während wir darauf warteten, daß Gedeck und Getränke gebracht wurden.

»Ja, ich muß zugeben, das sind sie«, antwortete ich.

»Hoffentlich fangen sie nicht an zu weinen, bevor ihre Milch kommt«, fügte er hinzu.

Ich sah ihn an.

Er meinte es ernst.

SCHLUSSVERKAUF

Gestern nachmittag gegen halb sieben, sieben kam Anselm ziemlich übel zugerichtet nach Hause. Ein Ohr war angebissen, der Schwanz zerzaust und die Katzenfelltasche am Hintern eingerissen.

»Anselm, wo bist du gewesen?«

»Wenn du wüßtest ...«, murmelte er und ging, ohne etwas hinzuzufügen, ins Badezimmer.

Nach einer guten Stunde stand er wieder vor mir. Gewaschen, parfümiert und verpflastert.

»Also, was ist passiert?«

»Es war aber nicht meine Schuld ...«

»Ich hab ja gar nicht gesagt, daß es deine Schuld war. Ich wollte nur wissen, was los war. Bist du sicher, daß es dir gutgeht? Sollen wir vielleicht zum Arzt gehen, oder besser noch: zum Tierarzt?«

»Nein nein nein nein nein, mir geht's prima, es ist nichts Schlimmes, glaub mir.«

»Ich bemerke aber eine gewisse Zurückhaltung ... Du bist doch nicht etwa auf einem Privatgrundstück Ameisen saugen gegangen? Ich habe dich unzählige Male ermahnt, vorsichtig zu sein, an solchen Orten wimmelt es heutzutage nur so von bissigen Hunden, und wenn die dich im Dunkeln mit einem Einbrecher verwechseln, läufst du auch noch Gefahr, daß sie auf dich schießen. Nicht die Hunde, die Besitzer. Die sind normalerweise nämlich noch bissiger als ihre Hunde.«

Er schüttelte den Kopf.

»Nein, was denkst du denn, bei all den Ameisen in unserer Blumenerde im Wohnzimmer und in den Parks brauche ich wirklich nicht in fremden Revieren zu wildern.«

»Also, was dann?«

»Na, heute hat doch der Schlußverkauf begonnen.«

»Der Schlußverkauf?«

»Ja, der Schlußverkauf. Ich ging in der Stadt spazieren, als mir eine Schar schmuckbehangener Damen auffiel, die vor den Bekleidungsgeschäften Schlange standen, so wie man in anderen Ländern vor den Bäckereien oder den Lebensmittelläden Schlange steht ...«

»Und du bist mit einer der schmuckbehangenen Damen wegen ein paar Kleidungsstücken, die du bestimmt nicht brauchtest, aneinandergeraten ...«

»Hm, ja, tatsächlich hatte ich vor, mir was zu kaufen. Und dann wollte ich noch schauen, ob ich nicht auch etwas für Natascha und Aljoscha finde, für den Winter, weißt du ...«

Angesichts des Alters der Kleinen schien mir das eine Ausrede. Doch ich ging nicht darauf ein, denn ich wollte, daß er weitererzählte.

»Also habe ich mich auch in die Schlange gestellt, und nach ein paar Stunden schaffte ich es, trotz des Gedränges und Geschubses und Gekreisches das Geschäft zu betreten. Du kannst dir nicht vorstellen, welche Energie diese Damen bei bestimmten Gelegenheiten an den Tag legen ...«

»Ich kann's mir vorstellen, ich kann's mir durchaus vorstellen.«

»Jedenfalls, als ich erst mal drin war, versuchte ich mich zu den Regalen vorzuarbeiten, wo die Verkäuferinnen, so gut es ging, der Horde wildgewordener Kundinnen zu widerstehen versuchten, die einander T-Shirts und Pullover, kurze und lange Röcke aus den Händen rissen ...«

»Ich kann's mir denken.«

»Plötzlich fiel einer der schmuckbehangenen Damen ein Halstuch herunter. Ich bückte mich gerade, um es aufzuheben und ihr zurückzugeben, als eine andere schmuckbehangene Dame mich hinten am Fell zu ziehen und zu schreien begann: ›DIESER SCHÖNE PELZ HIER, GEBEN SIE DARAUF AUCH FÜNFZIG PROZENT RABATT?‹«

»O je, ich ahne Schreckliches.«

»Ich wollte mich wieder aufrichten, um ihr zu erklären, daß ich kein Pelz bin, sondern lediglich einen habe ... Aber sie ließen mir nicht die Zeit dazu. Im Nu waren sie alle auf mir drauf, zerrten an mir wie besessen in alle Richtungen und schrien: ›DAS IST MEINER, NEIN MEINER, HE SIE, ICH HAB IHN ZUERST GESEHEN!‹ Es war wirklich gräßlich, glaub mir.«

»Ich glaube dir. Aber wie bist du ihnen entkommen?«

Er wurde puterrot.

»Ich trau mich nicht, es zu sagen ...«

»Anselm, ich bitte dich. Denkst du etwa, ich würde dich ausschimpfen? In bestimmten Situationen ist jedes Mittel legitim, wenn man mit heiler Haut davonkommen will – mit heilem Pelz, meine ich.«

»Ich ... ich habe ... tja, also, ich habe Pipi gemacht. Auf die Füße der Damen. Daraufhin haben sie sich bei den Verkäuferinnen beschwert, der Pelz sei ja ganz naß, und mich losgelassen. ›DAS GLAUBE ICH GERN, DASS DER RUNTERGESETZT IST!‹ hat eine geschrien, ›DAS IST JA WIDERLICH!‹ Wenn Natascha und Aljoscha mich gesehen hätten, hätte ich ihnen ein ganz schlechtes Vorbild gegeben.«

»Nein, Anselm, ganz im Gegenteil: Du hättest ihnen ein sehr gutes Vorbild gegeben.«

»Meinst du?«

»Glaub mir.«

Lieber ein Ameisenbär

»HILFE!«

Anselms Stimme aus der Küche.

»NEIIIIN! DAS DARF DOCH NICHT WAHR SEIN!«

Ich unterbrach die Niederschrift seiner Abenteuer und lief zu ihm, das Schlimmste befürchtend. Wie damals, als er sich einen Waldbeerenshake machen wollte und sich dabei, weiß der Himmel wie, beinahe die Schwanzspitze abgeschnitten hatte.

»Anselm, was ist los?« rief ich noch vom Flur aus.

»AAARRRGGGHHH!«

Als ich in die Küche kam, saß er am Tisch, die Brille auf der Nase und in den zitternden Vorderpfoten eine Zeitung.

»Mein Gott, Anselm, was ist denn in dich gefahren? Hältst du es für angebracht, derart zu schreien, wenn du Zeitung liest?«

Er sah mich ängstlich an. Doch es war offensichtlich, daß nicht ich ihm Angst eingejagt hatte; eher hatte *er* mir Angst eingejagt.

»Wenn du wüßtest, was passiert ist ...«, stammelte er.

»Was denn?«

»In England haben sie einen Ameisenbär geklont, und

zwar so, daß er dem Ameisenbären, dessen Haare für das Klonen benutzt wurden, bis aufs Haar gleicht. Dann hat man dem geklonten Ameisenbären sein kleines Herzchen herausgerissen und es einem Schwein eingepflanzt. Und mit diesem Schwein hat man, ich weiß nicht wie, gentechnisch veränderte Kartoffelchips kreiert: ›haarig wie ein Ameisenbär, und wenn man sie in den Mund steckt, krachen sie nicht, sondern grunzen‹.«

Ich wußte nicht, was ich antworten sollte.

»Offenbar sind schon fünfundsiebzig Prozent der Nahrungsmittel, die wir zu uns nehmen, genmanipuliert. Neben Fisch-Erdbeeren gibt es Maus-Zitronen, Katzen-Melonen und Fledermaus-Spaghetti. Aber die neueste Errungenschaft sind Ameisenbär-Schweine-Chips ...«

Nicht nur, daß seine Vorderpfoten zitterten, er schwitzte auch am ganzen Leib.

»Mir ist angst und bange ... Was, wenn ein Wissenschaftler mich sieht und einfängt und irgendwelche Experimente mit mir anstellt? Wenn man auch mir das Herzchen herausreißt, um es in ein Schwein zu pflanzen und Kartoffelchips herzustellen, die haarig grunzen wie ein Ameisenbär?«

»Du brauchst dich nicht zu sorgen, Anselm. Dieser Ameisenbär war geklont, er war kein echter Ameisenbär wie du ...«

»Wie, er war kein echter Ameisenbär? Aber alle sagen doch, wenn man jemanden klont, dann stellt man die exakte, identische, in allem gleiche Kopie des Originals her ... Geklont oder nicht, dieser Ameisenbär war doch wohl ein echter Ameisenbär, er wird Hunger, Durst,

Träume, Freundschaften gehabt haben, vielleicht war er sogar verliebt, und diese Leute haben ihn aufgeschnitten, um sein Herzchen zu rauben, und dann haben sie ein Schwein aufgemacht und haben dessen Herzchen herausgenommen und durch das ersetzt, das sie dem Ameisenbären herausgerissen hatten ... Darf man mal erfahren, wozu?«

»Für den Fortschritt, Anselm ...«

»Fortschritt? Welcher Fortschritt, entschuldige?«

»Tja, um Krankheiten zu heilen und so was.«

»Du meinst: Um ein lebendiges Wesen zu heilen, erschafft ihr ein zweites und tötet es?«

»Sieht so aus.«

»Also, das gefällt mir überhaupt nicht, ganz und gar nicht. Wenn bei uns Ameisenbären jemand krank wird und sterben muß, verabschiedet er sich von allen Freunden, geht an seine Lieblingsstelle im Wald und stirbt dort in Frieden. Wir wollen nicht bis in alle Ewigkeit leben. Der Tod ist etwas Natürliches, auch die Blätter fallen von den Bäumen, und dann entstehen neue.«

»Tja, siehst du, es ist nur so, daß der Mensch schreckliche Angst vor dem Tod hat, und außerdem hat er noch nie vor der Möglichkeit, etwas Neues zu erfinden, Halt gemacht ... Wie mit der Atombombe: Nach der ersten sind weitere gekommen, und wie du weißt, gibt es inzwischen so viele, daß man den ganzen Planeten tausendmal damit zerstören könnte ...«

»Und wer garantiert euch, daß diese halb schweinischen, halb ameisenbärischen Kartoffelchips nicht unbekömmlich sind? Vielleicht bekommt jemand, der sie heute ißt, in zwanzig Jahren eine Zunge, die so lang ist wie meine, und anstelle seiner Beine wachsen ihm zwei Schweinsfüße ... oder seinen Kindern. Findest du das richtig?«

»Nein. Aber so ist der Mensch nun mal, man kann ihn nicht aufhalten.«

Anselm schwieg eine Weile. Dann meinte er: »Weißt du was? Ich beneide dich kein bißchen. Ich bin viel, viel lieber ein Ameisenbär.«

CRUSTPUNK

Ein wenig verspätet, nämlich vor vier Tagen, präsentierte sich Anselm zu Hause mit einem quietschgrünen Irokesenschnitt auf dem Kopf, einem T-Shirt mit der Aufschrift NEVER TRUST A HIPPIE, Lederjacke und schwarzweißem Fender-Baß unter dem Arm. Er trällerte »*I am an Antichrist, I am an Anarchist*«, und ein breites Lächeln zog direkt aus meinem Herzen über mein ganzes Gesicht. Der gute alte Johnny Rotten, Stiefvater aller Punks, hatte wieder einmal zugeschlagen.

»Hallo, Anselm. Alles klar?« fragte ich.

Zur Antwort grinste er nur und spuckte mir ins Auge. Junge, Junge, überlegte ich, der Knabe hat sich informiert. Ich dachte, er würde mir gleich noch eine Bierdose an den Kopf schmeißen, statt dessen setzte er sich ins Wohnzimmer und begann ein bißchen zu klimpern. Nicht schlecht für einen Autodidakten, dachte ich bei mir.

»Ich habe mich entschieden«, verkündete er mir. »Ich bin jetzt ein Crustpunk. Ich werde Songs gegen die Globalisierung und gegen die internationalen Multis spielen, die sich die Natur patentieren lassen wollen, ich werde durch die Welt ziehen und statt Tauben WTO-Gipfeln hinterherjagen.«

Er wirkte entschlossen. Das gefiel mir.

»Warum gehen wir nicht in einen Proberaum und machen ein bißchen Sound?« schlug ich ihm vor, während ich mein Auge trockenwischte. »Ich hätte auch Lust auf ein paar Takte.«

»Was ist ein Proberaum?« konnte er gerade noch zischen, bevor er auf das frisch gebohnerte Parkett kotzte. Ich hätte ihn an mich drücken können, ehrlich, und ich beschloß, ihm früher oder später einen Computer zu schenken. Wer weiß, vielleicht wird er als Erwachsener mal ein Hacker und verursacht mit seinen unschuldigen Klauen viele schöne Abstürze bei der Weltbank.

»Ein Proberaum ist ein Raum, in dem man probt. Mit anderen Worten ein Raum, in dem man Musik macht. Und zwar mit Verstärkern. Das kann fast bis zur Taubheit gehen«, erklärte ich ihm.

»Dann laß uns sofort hingehen!«

Gesagt, getan. Oder fast jedenfalls. Denn bevor wir das Haus verließen, wollte Anselm mir unbedingt ein Halsband anlegen, damit er mich an der Leine führen konnte, »wie ein echter Crustpunk«. Als wir schließlich ankamen, beschloß mein Freund (vielleicht eingedenk der früheren Erfahrungen im Schwimmbad), die Flucht nach vorn anzutreten.

»Ciao, ich bin Anselm, ein Crustpunk!« schrie er die Jungs am Eingang an. »Und das da ist mein Hund!« fügte er hinzu, wobei er mit einer Grimasse auf mich wies.

Die Jungs schauten mich an. Ich deutete ein bißchen Gekläff an (um die Sache glaubwürdig erscheinen zu lassen).

»Von uns aus okay«, bekamen wir zur Antwort. »Hauptsache, ihr macht nichts schmutzig.«

Ich mietete ein Paar Schlagzeugstöcke, und wir gingen nach hinten in den letzten Raum. Den abgewracktesten und deshalb billigsten. Anselm schloß sein Baßkabel an der Verstärkeranlage an, ich setzte mich hinter das Schlagzeug und rückte Baß, Becken, Tom und Snare zurecht.

»Ach, ich vergaß«, sagte ich zu Anselm. »Wir brauchen einen Gitarristen.«

»Scheiß drauf«, ging er mit einem Schulterzucken darüber hinweg. »Gitarristen sind unerträgliche Egoisten. Spielen wir halt ein bißchen Reggae-Dub.«

Dann spuckte er noch einmal in meine Richtung, traf mich aber nicht. Am liebsten hätte ich ihm einen Kuß auf die Stirn gedrückt, aber bei seinem Irokesenkamm wäre ich Gefahr gelaufen zu erblinden. Woraufhin wir zu, ähem, spielen begannen.

Nach zehn Minuten kam einer der Jungs, die uns am Eingang empfangen hatten, rein und wollte mit uns reden.

»Wenn ihr einverstanden seid, geben wir euch das Geld zurück. Wir wären auch bereit, euch zu bezahlen. Hauptsache, ihr hört sofort auf und kommt nie wieder.«

Anselm zwinkerte mir zu.

»Hast du gesehen? Wir haben kaum begonnen, und schon verdienen wir was. Wow, das ist er, *the Great Rock 'n 'Roll Swindle.*«

Es gibt Crustpunks und Crustpunks

Zu den peinlichsten Begleiterscheinungen von Anselms Entschluß, ein Crustpunk zu sein, gehört »die Stunde des Gassigehens«, wie er es nennt, das heißt der allabendliche Ritus, nach dem wir um halb sieben das Haus verlassen, und zwar mit mir an der Leine in der Rolle seines Tiers.

»Los, komm her, ich will dir die Leine anlegen«, sagt er zu mir, nachdem er den ganzen Nachmittag damit verbracht hat, Bass zu üben. »Zeit zum Gassigehen.«

»Aber heute führst du mich nicht in den Stadtpark«, ermahne ich ihn. »Sonst laufe ich davon, sobald du mich losmachst.«

»Hör mal, du bist das Tier. *Ich* entscheide, wohin wir gehen.«

Und deshalb landen wir jedesmal doch im Stadtpark. Es ist stärker als er. Ein befreundeter Psychologiestudent hat mir übrigens geraten, seinen Wünschen nachzukommen. Seines Erachtens ist Anselm einfach nur dabei, sich in seiner neuen Identität als Ameisenbär-Crustpunk zurechtzufinden, weshalb er sich selbst beweisen muß, daß nicht mehr er das Tier ist. Dazu habe er die Rollenverteilung zwischen uns um einhundertachtzig Grad gedreht, was sich allerdings wieder geben werde. Ich hoffe nur, mein Jung-Psychologe behält recht, und früher oder später hat wenigstens die Phase des Gassigehens ein Ende. Wer weiß.

»Schon wieder hierher, Anselm?« protestiere ich, als wir den Stadtpark erreichen.

»Du bist ruhig, Tier«, antwortet er.

»Hör zu, Anselm, hältst du dich wirklich für einen Crustpunk?«

»Was für eine Frage! Ich halte mich nicht für einen Crustpunk, ich *bin* ein Crustpunk.«

»Dann benimm dich auch wie einer. Crustpunks gehen total liebevoll mit ihren Haustieren um. Sie behandeln sie nicht von oben herab. Sie betrachten sie nämlich als ihresgleichen.«

»Du redest wie ein Journalist: Du sprichst in lauter Stereotypen. Aber du irrst dich, wenn du derart verallgemeinerst. Wir Crustpunks kennen nämlich keine Regeln. Und du, mein Tier, bist eben an einen Crustpunk mit autoritären Zügen geraten. Ich kann's nicht ändern, tut mir leid.«

»Und mir erst.«

Wenn wir in den Fußgängerbereich kommen, nimmt er mir die Leine ab. »Los«, ermuntert er mich. »Jetzt lauf ein bißchen.«

Ich denke an die Ratschläge des angehenden Psychologen. Tu stets, was er will, hat er mir mehrfach eingeschärft. Also tue ich, was er will.

Während Anselm in seinem T-Shirt mit der Aufschrift CASH FROM CHAOS eine raucht, laufe ich hin und her, die Hügel rauf und runter, manchmal allein, manchmal gemeinsam mit einem mehr oder weniger reinrassigen Vierbeiner. Anselm wechselt derweil ein paar Worte mit der dazugehörigen Besitzerin.

»Meiner ist ein Rauhaar-Yorkshire«, trällert die Signora mit dem schwarzen Bubikopf und einem Kostüm, das soviel kostet wie eine Segeljacht.

»Meiner nicht, meiner ist leider ein Mischling«, seufzt Anselm. »Zwischen einem Dackel und einem Labrador, glaube ich. Aber wie Sie sehen, habe ich ihm beigebracht, auf zwei Beinen zu laufen statt auf vieren. Das spart ganz schön Energie, wissen Sie?«

Das ist das Schöne an der Hundeleidenschaft. Sie bringt gehobenes Bürgertum und Crustpunks zusammen, annulliert die Steuerunterschiede und bietet Leuten, die sich sonst nicht viel zu sagen hätten, hervorragende Anknüpfungspunkte für ein Gespräch.

»Das ist aber ein schöner Pelz«, bemerkt ab und zu eine der reichen Hundeliebhaberinnen. »Was ist das?«

»Ameisenbär«, pumpt Anselm sich auf. »Allerdings hundert Prozent ökologisch. Für seine Herstellung ist kein einziges Tier getötet worden.«

»Ah, verstehe.« Die Frau lächelt, obwohl man ihr genau ansieht, daß sie nichts verstanden hat. »Das ist so eine Erfindung der Gentechnik, stimmt's?«

»Ganz und gar nicht«, beendet Anselm abrupt das Gespräch.

Um vorzuführen, wie brav ich bin, wirft Anselm mir ab und zu Stöckchen.

»Los! Hol's«, brüllt er mich an.

Die Mühe, die es mich kostet, die Ratschläge des vermeintlichen Psychologen zu befolgen, wächst an diesem Punkt bemerkenswert an. Doch ich darf Anselms schwierigen Weg auf der Suche nach seiner neuen Identität auf gar keinen Fall behindern. Also renne ich hinter dem Stock her. Die Kinder, die bei den Beeten Ball spielen, schauen mich verwundert an. Die Eltern und Au-pair-Mädchen der Kinder, die bei den Beeten Ball spielen, schauen mich verwundert an. Die echten Hunde, die um die Eltern und Au-pair-Mädchen der Kinder, die bei den Beeten Ball spielen, herumschwänzeln, schauen mich verwundert an. Ich versuche, so ungezwungen wie möglich auszusehen, schnappe mir den Stock (mit dem Mund) und kehre zu Anselm zurück, immer im Laufschritt.

»Ihr Hund ist aber brav!« kreischt die gerade aktuelle Hundeliebhaberin.

»O ja«, jauchzt Anselm. »Ich muß sagen, er macht mich wirklich glücklich.«

Mit einer Pfote zeigt er mir erneut den Stock, den ich ihm gerade zurückgebracht habe.

»Los! Hol's Stöckchen!« brüllt er mich noch mal an und wirft ihn noch mal zig Meter weit weg.

Ich schaue zu den anderen Hunden. In ihren Augen liegt große, stumme Solidarität.

MÄRCHEN

Wie jedermann weiß, zeichnet sich der wahre Crustpunk unter anderem dadurch aus, daß er zusammen mit seinem Tier schläft. Und da Anselm der Crustpunk ist und das dazugehörige Tier (das heißt seines) ich bin, müssen wir seit einiger Zeit im gleichen Bett schlafen. Die ersten Nächte habe ich mich am Fußende zusammengekauert. Doch dann hat Anselm sich beschwert.

»Wenn du auf meinen Füßen liegst, schlafen sie mir ein und dann kribbelt's mich überall wie von Ameisen« – so seine Erklärung (die wahrscheinlich ernst gemeint ist, denn ich habe bemerkt, wie er im Schlaf den unwiderstehlichen Impuls verspürt, an seinen Gliedmaßen zu saugen).

Eine Weile versuchten wir so zu schlafen, daß meine Füße an seinem Kopf lagen und mein Kopf neben seinen Füßen. Aber so ging es auch nicht, denn nachts trat Anselm um sich, und ich konnte mich seiner Tritte gegen Nase und Ohren nicht erwehren. So versuchten wir schließlich, einfach nebeneinander zu schlafen, was für gewöhnlich immer die beste Lösung ist. Für gewöhnlich, schreibe ich, weil es das manchmal eben doch nicht ist – in unserem Fall, zum Beispiel. Als besonders sensibler

Crustpunk verlangt Anselm nun, daß ich ihm vor dem Einschlafen ein Märchen erzähle. Was ihm in den vorhergehenden Tagen (beziehungsweise Nächten) nicht in den Sinn gekommen war. Ein Märchen muß Anselm zufolge nach drei grundlegenden Regeln erzählt werden:

ERSTE ANSELMSCHE MÄRCHENREGEL: Ein Anselm-Märchen muß ein oder mehrere Tiere zum Helden haben (was sich von selbst versteht).

ZWEITE ANSELMSCHE MÄRCHENREGEL: Ein Anselm-Märchen muß in der Mitte einen Werbespot beinhalten (dies bestätigt meine Befürchtungen hinsichtlich der Beziehung, die sich in der Vergangenheit zwischen Anselm und dem Fernseher herausgebildet hat).

DRITTE ANSELMSCHE MÄRCHENREGEL: Ein Anselm-Märchen muß in der Nähe unserer Wohnung spielen (was ihn offenbar beruhigt).

Nun bin ich noch nie ein großer Märchenleser gewesen. Ich habe nie eine besondere Vorliebe für Märchen gehegt. Und ich habe keinerlei Erfahrung als Märchenerzähler. Doch ohne Anselm-Märchen schläft Anselm nun mal nicht ein. Und deshalb muß ich jetzt jeden Abend ein Anselm-Märchen für ihn er-

finden, daran führt kein Weg vorbei. Bei Nichtbefolgung droht Schlaflosigkeit.

Und weil ich weiß, daß viele von euch es jetzt kaum noch aushalten können vor lauter Neugierde, was es mit den sogenannten Anselm-Märchen auf sich hat, gebe ich euch ein Beispiel:

»Es war einmal eine Maus ...« (dies, um von Anfang an die erste Regel zu beherzigen).

»... die trank immer Coca-Cola ...« (dies, um von Anfang an die zweite Regel zu beherzigen).

»... und wohnte in der Wohnung gegenüber« (dies, um von Anfang an die dritte Regel zu beherzigen).

An diesem Punkt könnte das Märchen zu Ende sein. Alle drei Regeln wurden beherzigt. Aber leider fällt Anselm nicht so leicht in den Schlaf. Weshalb ich mich anstrengen und noch etwas dazuerfinden muß.

»Die Maus war sehr sympathisch, und häufig mußten bei ihrem Anblick sogar die Katzen lachen. Tatsächlich erzählte Paolino (die Maus) den Katzen gern, sie sei ein Pferd, und um sie zu unterhalten, begann sie zu tänzeln, und zwar genau so, wie Pferde eben tänzeln, die nach der Methode dressiert wurden, deren Name mir im Moment nicht einfällt (zur Märchenstunde bin ich immer todmüde und habe einen Haufen Dinge vergessen). Eines Tages aber sagte eine der Katzen zu der Maus: ›Wenn du wirklich ein Pferd wärest ...‹«

An dieser Stelle schnarcht Anselm zum Glück schon selig. Sonst wüßte ich auch wirklich nicht, wie es weitergeht.

Das Problem ist allerdings, daß ich in diesem Moment

merke, daß ich selbst gern wüßte, wie das Märchen von der colatrinkenden Maus aus der Wohnung gegenüber ausgeht, und mich deshalb unruhig im Bett hin- und herwälze, denn in Wirklichkeit hätte ich gern, daß jemand anders es mir zu Ende erzählt. Also stupse ich Anselm am Rücken an, erst sachte, dann fester, und schließlich fange ich an zu pfeifen und auf dem Bett zu tanzen, öffne das Fenster und schalte das Radio ein. Doch Pustekuchen. Nichts zu machen.

Das Schöne an den Anselm-Märchen ist nämlich, daß mein Ameisenbärenfreund nach einem Anselm-Märchen tief und fest einschläft und es kein Mittel gibt, ihn wieder zu wecken, bevor er nicht acht volle Stunden geschlafen hat. Ich hoffe nur, daß meine Märchen irgendwann mal weniger effektiv werden, damit er noch einmal die Augen öffnet und mir die Geschichte zu Ende erzählt. Aber Ameisenbären haben einen tiefen Schlaf, weshalb ich mir keine großen Hoffnungen mache.

PAPA FAFNER UND MAMA MAGDALENA

Neulich vormittags las ich gerade im ›Wörterbuch der Gemeinplätze‹ unter dem Stichwort »NEGERINNEN. Heißer als die Weißen (siehe BRÜNETTE und BLONDINEN)«, als der Postbote einen Brief aus Brasilien brachte: Anselm nahm ihn entgegen, öffnete ihn, las ihn und wurde wie üblich ohnmächtig. Anderer Leute Briefe lese ich aus Prinzip nicht. Doch wie ich so Anselms Körper dort im Flur liegen sah, mit seinem quietschgrünen Crustpunk-Irokesenkamm, der schlaff herunterhing, konnte ich nicht anders. Der Brief war von Anselms Mutter. Er lautete wie folgt:

Lieber Anselm,
Papa hat soeben eine Billiarde Cruzeiros in der Lotterie von Rio de Janeiro gewonnen. Deshalb haben wir beschlossen, daß wir Dich in Italien besuchen. Der Flug, den wir gebucht haben, landet am kommenden 1. Juni. Ich hoffe, diese Zeilen erreichen Dich rechtzeitig, sonst bereiten wir Dir eine tolle Überraschung und klingeln einfach an Deiner Tür.

Bis bald,
Deine angebetete Mama

Nachdem ich die Tragweite des Problems erfaßt hatte, brachte ich Anselm ein Glas Wasser und half ihm wieder auf.

»Komm schon, Anselm, stell dich nicht so an. Freust du dich denn nicht, daß du Papa und Mama wiedersiehst?«

»Gott im Himmel, siehst du denn nicht, wie ich aussehe? Du hast ja keine Ahnung, wie die beiden reagieren werden. Du weißt nicht, aus welchem Holz sie geschnitzt sind.«

»Inwiefern?«

»Sie gehören zu den altmodischen Ameisenbären. Sie glauben, ich sei nach Italien gekommen, um am Polytechnikum Ingenieurwissenschaften zu studieren. Sie wissen weder von meinem Abschluß in Philosophie noch von meinen Träumen, als Bassist einer Punkrockgruppe gegen die WTO und die Weltbank zu spielen.«

»Ach so.«

»Und der 1. Juni ist morgen, verstehst du? In wenigen Stunden werden meine Eltern hier sein. Ich bin erledigt.«

»Erledigt. Ein großes Wort. Meinst du nicht, du übertreibst etwas?«

»Du kennst sie nicht. Wenn du sie kennen würdest, dann wüßtest du, daß ich ganz und gar nicht übertreibe. Im Gegenteil.«

Der Irokesenkamm hing ihm schlaff über das linke Ohr herunter.

»Hör zu, Anselm, nur keine Panik. Ich weiß, was in solchen Situationen zu tun ist.«

Der Irokesenkamm richtete sich auf.

»Echt? Meinst du wirklich, es gibt einen Ausweg?«

»Aber sicher. Wir müssen uns nur so verhalten, wie Napoleon es getan hätte. Angriff ist die beste Verteidigung, pflegte er zu sagen. Wir werden nicht warten, bis sie an unserer Tür klingeln. Wir werden sie am Flughafen empfangen.«

Der Irokesenkamm knickte wieder in sich zusammen.

Nach einer unruhigen Nacht, die wir nur mühsam mit Hilfe von Beruhigungstees überstanden, lud ich einen Anselm, der noch crustiger aussah als sonst (unrasiert und mit riesigen Ringen unter den Augen), komplett mit Irokese, Baß, Nietenarmband, Lederjacke und T-Shirt mit der Aufschrift NO ONE IS INNOCENT in meinen VW und bretterte los in Richtung Flughafen. Wir waren spät dran, aber da es sich um einen Direktflug nach Italien handelte, wußte ich, daß das kein Grund zur Panik war, genausowenig wie bei Flügen, die in Italien starteten oder in Italien eine Zwischenlandung einlegten. Wenn Italien mit drinhängt, ist man nie wirklich zu spät dran. Gott sei Dank waren die Straßen fast leer, so daß ich gegen sämtliche Regeln der Straßenverkehrsordnung verstoßen konnte, die Faust auf der Hupe und mit einem weißen Taschentuch aus dem Fenster wedelnd; schließlich beförderte ich eine halbe Leiche, ich brauchte nicht auf Ampeln und Vorfahrt zu achten, auf Geschwindigkeitsbegrenzung und Abstand. Die weißen Schilder mit den Kilometerangaben auf der Ringautobahn folgten einander in schwindelerregendem Takt, und wäre es Samstagabend gewesen und nicht Freitagmorgen, hätten wir uns bestimmt zu Brei gefahren. So aber stiegen wir zehn Minuten, nachdem wir ins Auto gestiegen waren, wieder aus – zitternd wegen eines LKWs, mit dem wir ausgerechnet in der letzten Kurve vor dem Flughafen wie durch ein Wunder nicht zusammengeknallt waren, doch unversehrt. Die Anzeigetafeln verkündeten, daß der Flug aus Rio de Janeiro soeben gelandet war.

»Kopf hoch, Anselm, na los. Du wirst sehen, alles wird laufen wie geschmiert.«

Er nickte, nicht sonderlich überzeugt.

»Wenn ich allerdings so darüber nachdenke, nimmst du mir vielleicht besser die Leine ab. Keine Sorge, ich lauf schon nicht weg.«

Gemeinsam steuerten wir die ANKUNFT an. Damit der Irokesenkamm schön stand, hatte Anselm sich fünf Tuben Klebstoff hineingeschmiert, bevor wir losgefahren waren. Die ersten Passagiere aus Brasilien kamen durch die Sperre. Manche jonglierten mit Lederkugeln, andere präsentierten sich in unglaublichen Karnevalskostümen, und wieder andere klimperten auf einer Gitarre das altbekannte ›*Garota de Ipanema*‹ (auch bekannt als ›*The Girl from Ipanema*‹). Schließlich erschienen Anselms Eltern.

Der Papa hochelegant in einem grauen Hugo-Boss-Zweireiher.

Die Mama hochelegant in einem rosa Chanel-Kostüm.

Als sie Anselm sahen, fielen sie in Ohnmacht. Offensichtlich lag das in der Familie.

RÖSTI

»Sehen Sie, Signor Fafner, sehen Sie, Signora Magdalena«, sagte ich zu Anselms Erzeugern, »Ihr Sohn ist auf der Suche nach seiner Identität. Sie müssen keine Angst haben, wenn er Ihnen momentan ein wenig seltsam vorkommt. Er wird seinen Weg finden, und ich bin mir sicher, daß Sie dann stolz auf ihn sein werden.«

Wir saßen in einer Bar, jeder mit einer heißen Schokolade vor sich. Nach dem anfänglichen Schock hatten Papa Fafner und Mama Magdalena sich ein wenig erholt. Anselm hingegen schwieg weiterhin demonstrativ, sein quietschgrüner Irokese zerfiel in ein Dutzend äußerst feindseliger Stacheln. Auf seinem T-Shirt prangte der Schriftzug DESTROY, und ab und zu sichelte seine Zunge durch die Luft, ein Zeichen für größte innere Anspannung.

»Anselm durchlebt nur ein bißchen verspätet seine Pubertät. Noch vor wenigen Jahren tat er übrigens nichts anderes als lernen, lernen und wieder lernen. Da ist es doch verständlich, daß er sich austoben will, finden Sie nicht?«

»In seinem Alter bin ich schon längst arbeiten gegangen«, sagte Papa Fafner wie ein x-beliebiger Menschenvater.

»Und zu unserer Zeit hat man sich bestimmt nicht ausgetobt, indem man Crustpunk wurde und sein Haar auf diese Art trug«, fügte Mama Magdalena hinzu.

»Ich weiß, ich weiß«, sagte ich und lächelte.

»Wir sind eine ehrbare Familie von Ameisenbär-Ingenieuren: Anselms Ururgroßvater war Diplomingenieur, Anselms Urgroßvater war Diplomingenieur, Anselms Großvater war Diplomingenieur, und ich überlasse es Ihrer Vorstellungsgabe, welches Diplom ich vor über dreißig Jahren an der Technischen Hochschule in Zürich erworben habe«, legte Papa Fafner mir dar.

»Ach, Zürich. Die Stadt kenne ich recht gut.« Ich suchte nach Gemeinsamkeiten. »Da bekommt man doch, soweit ich weiß, hervorragende Rösti.«

Papa Fafner sah mich erstaunt an.

»Mögen Sie etwa auch Rösti?«

»Oh, ich könnte sterben für Rösti. Sie wissen es ja vielleicht nicht, aber Anselm macht ausgezeichnete Rösti. Zwei Schweizer Freunde von mir, die, nebenbei gesagt, aus Zürich stammen, haben es ihm beigebracht. Sie müßten sehen, wie er die Kartoffeln in Scheiben schneidet und Butter hinzugibt und den Speck in kleine Würfel schnippelt und sich die Tränen abwischt wegen der Zwiebeln.«

Papa Fafner sah Mama Magdalena an.

»Hm, da hat *dein* Sohn also wenigstens etwas gelernt. Von dir habe ich ja nie Rösti bekommen.«

»Ich bin eine brasilianische Ameisenbärin und kann keine Rösti machen, stimmt. Wenn du eine gewollt hättest, die dir Rösti macht, hättest du nicht mich heiraten sollen, sondern eine Schweizer Ameisenbärin. Die hätte dir bestimmt Rösti gemacht.«

Unglaublich, überlegte ich, wie sehr sich Menschen und Ameisenbären in mancher Hinsicht doch ähneln. Anselm schwieg die ganze Zeit. Und sichelte.

»Warum essen Sie nicht bei uns?« schlug ich vor. »Ich bin sicher, Anselm wird entzückt sein, Ihnen seine leckeren Rösti zuzubereiten.«

Papa Fafner und Mama Magdalena schauten sich an. Anselm schaute mich an. Ich schaute zu einem Geschäft hinüber, das die hervorragenden Fertigrösti der Firma Hero vertrieb, die man nur noch warm machen mußte.

»Wenn dir soviel daran liegt, die Rösti deines Sohnes zu probieren«, sagte Mama Magdalena.

»*Deines* Sohnes, meinst du wohl. Jedenfalls habe ich seit dreißig Jahren keine Rösti mehr gegessen. Das letzte Mal, wenn ich mich recht entsinne, in einem kleinen Restaurant in der Nähe des Café Odeon.«

»Willst du jetzt auch noch dem Freund unseres Sohnes von dieser Blondine erzählen, mit der du damals, als du in der Schweiz studiertest, verkehrt hast?« zischte Mama Magdalena giftig.

Da platzte Anselm der Kragen.

»Sagt mal, hört ihr jetzt vielleicht mal mit euren Sticheleien auf? Müßt ihr euch sogar vor meinem Freund die ganze Zeit streiten? Macht nur so weiter, aber dann seht zu, wo ihr euere Rösti herbekommt.«

Bravo, Anselm, dachte ich bei mir. Jetzt hast du ihre Aufmerksamkeit endgültig von deinen quietschgrünen Stacheln abgelenkt.

»Du hast recht, mein Sohn«, brummte Papa Fafner. »Das sind die ersten Worte, die du seit unserer Ankunft sprichst, und sie sind durchaus nicht töricht. Deine Mutter und ich haben gewiß nicht die Absicht, ausgerechnet hier und jetzt Streit anzufangen. Wir möchten nur mit dir reden, erfahren, welche Pläne du hast.«

»Ich bin jetzt ein Crustpunk, ich will Bassist in einer Punkband werden und um die Welt reisen, um gegen die WTO, Gentechnik und Konzernmultis zu protestieren, das ist alles.«

»Aber ist diese Stellung auch krisenfest, Anselm?« schaltete sich Mama Magdalena ein.

»Nichts für ungut, aber welche Stellung ist heutzutage überhaupt noch krisenfest? Papa hat seine Arbeit in Brasilien letztes Jahr verloren, und wenn ihr nicht das Glück gehabt hättet, eine Billiarde Cruzeiros in der Lotterie von

Rio de Janeiro zu gewinnen, hättet ihr nicht einmal genügend Geld besessen, um mich in Europa zu besuchen.«

»Wenn er will, weiß sich unser Sohn durchaus auszudrücken, was, Magda? Hört zu, wir machen folgendes: Laßt uns wie zivilisierte Ameisenbären bei leckeren Rösti weiterreden. Ich kann es kaum erwarten, Anselms Rösti zu probieren.«

Begegnung zweier Generationen

Das Abendessen auf Röstibasis mit Fafner und Magdalena lief wunderbar glatt, und Anselms Eltern lobten das gastronomische Talent ihres Söhnchens über den grünen Klee, ohne Verdacht zu schöpfen. Die Hero-Röstiverpackung hatte mein Ameisenbärenfreund unauffällig verschwinden lassen, so daß er sich nur mit einer Schürze und einer Kochmütze bekleidet und mit mehl- und kartoffelverschmierten Klauen präsentieren mußte, um in den Augen seiner Erzeuger glaubwürdig zu wirken.

»Sehr gut, mein lieber Anselm«, meinte Papa Fafner, nachdem er seinen Teller voll Rösti verputzt und die Reste mit Brot aufgetunkt hatte. »Ich sehe mit Freuden, daß du, wenn du einmal etwas anfängst, auch zu hervorragenden Ergebnissen kommst, wenn du nur willst.«

»Danke, Papa«, lächelte Anselm. Einen Augenblick lang befürchtete ich, er werde etwas Punkiges tun, sich beispielsweise vor aller Augen eine Sicherheitsnadel durch die Wange bohren, doch zum Glück verzichtete er auf derartige Demonstrationen und begnügte sich damit, ebenfalls die Reste aufzutunken.

»Jetzt, da wir gesehen haben, wo du in Italien lebst, da wir Culicchia kennengelernt und begriffen haben, daß deine Interessen nicht mit unseren Plänen für dich übereinstimmen, sowie in Anbetracht der Tatsache, daß du ein ernsthafter junger Ameisenbär bist, ungeachtet des äußeren Anscheins ...« hier machte Papa Fafner eine Pause – »... wollen wir, bevor wir nach Brasilien zurückkehren, etwas Sinnvolles für dich tun. Du mußt uns aber ganz genau sagen, was du vom Leben erwartest, mein Lieber.«

Anselm schwieg.

»Versuch, uns entgegenzukommen, mein Anselmchen«, sagte Mama Magdalena. »Wir möchten dir doch helfen, aber wenn du uns nicht hilfst, damit wir verstehen, wie ...«

»Ja, aber«, seufzte Anselm da, »das habe ich euch doch schon gesagt. Ich möchte in einer Punkband Baß spielen und auf der ganzen Welt Konzerte gegen die Globalisierung geben. Das möchte ich gern tun – Ingenieur werden bestimmt nicht. Und bedenkt bitte, daß ich vor eurem Besuch sogar schon mal versucht habe, eine normale Arbeit zu finden, aber sie wollten mir nur die Hälfte zahlen, ohne bezahlten Urlaub und Sozialabgaben, von wegen staatliche Regelungen für Berufseinsteiger und Auszubildende und so. Findet ihr das richtig?«

Papa Fafner und Mama Magdalena sahen sich an.

»Nein, Anselm«, sagten sie im Chor. »Das ist nicht richtig.«

Ich setzte den Kaffee auf, den Anselms Eltern uns direkt aus Brasilien mitgebracht hatten.

»Du willst also Musik machen, Söhnchen«, faßte Papa Fafner zusammen.

»Ja, ich will Musik machen. Musik ist einfach wunderbar, für mich gibt es nichts Schöneres auf der Welt als Musik zu hören.« Anselm lächelte.

»Trotzdem, du hast nie Musik studiert.«

»Aber eine Menge guter Punkmusiker sind Autodidakten, Papa.«

»Und die Technomusiker von heute auch«, bestätigte ich.

»Techno? Was ist denn Techno?« fragte mich Mama Magdalena.

»Hm, musikalisch gesehen unterscheidet er sich ziemlich vom Punk. Keine Gitarre, kein Baß oder Schlagzeug, man braucht lediglich einen Computer, mehr nicht. Aber es steckt derselbe Geist dahinter wie bei Punk. Es gibt Leute, die haben im stillen Kämmerlein, in einem Keller angefangen und sind dann erstklassige Musiker geworden, Aphex Twin oder Leftfield zum Beispiel.«

»Interessant ...«, sagte Papa Fafner. »Na gut, jetzt trinken wir erst einmal Kaffee. Mama und ich werden darüber nachdenken, Anselm.«

Und so tranken wir Kaffee.

EIN NEUES SPIELZEUG

Nicht zu glauben. Vor ihrer Rückkehr nach Brasilien haben Fafner und Magdalena, Anselms Papa und Mama, beschlossen, meinem Freund einen PC zu schenken. Aber nicht in der Absicht, einen selbständigen Internet-Unternehmer aus ihm zu machen, und auch nicht, damit er online an der Börse spekulieren kann. Nein, das Gerät haben sie ihm geschenkt, weil (wortwörtlich):

»Wenn die Musik wirklich deine Leidenschaft ist, dann mußt du dich informieren und einsehen, daß Punkrock mit Baß, Gitarre und Schlagzeug etwas ist, das man vor einem Vierteljahrhundert gemacht hat. Die wahren Crustpunks, haben wir uns sagen lassen, gehen jetzt auf Raves, wo man zu elektronischer Musik abrockt.«

Also hängte Anselm den schwarzweißen Fender-Baß an die Wand und klemmte sich hinter sein neues Spielzeug. Und nachdem Papa und Mama wieder abgereist waren, bewegte er sich nicht mehr von seinem Platz vor dem Bildschirm weg. Das heißt: aus der Küche.

Zunächst hatte ich mir darüber keine Gedanken gemacht. Im Gegenteil, die Küchenlösung schien mir selbst sogar am praktischsten. Wenn einem nur vierzig Quadratmeter zur Verfügung stehen, kann man keine Wunder vollbringen. Doch rasch wurden mir die Folgen einer derartigen logistischen Entscheidung bewußt, die durch die Tatsache hervorgerufen wurde, daß in der Küche (und damit im Wohnzimmer, in meinem Arbeitszimmer und im Bad) auch der Kühlschrank steht. Wenn ihr die letzten Kapitel aufmerksam gelesen habt, dann wird euch natürlich aufgefallen sein, daß mein Freund alles andere als unemp-

fänglich für gewisse Tafelfreuden ist (biologisch-dynamische, versteht sich). Das Schöne bei Anselm ist ja, daß ich ihn noch nie habe sagen hören: »Das schmeckt mir nicht« oder »Das mag ich nicht«, und an wessen Tisch er sich auch setzt, dem jeweiligen Koch beziehungsweise der jeweiligen Köchin verhilft er zu höchster Selbstachtung. Auch vor dem Bildschirm saß er, logisch. Und wenn er die linke Pfote ausstreckte, konnte er mühelos den Kühlschrank öffnen. Kein Wunder, daß er binnen einer Woche nicht mehr in seine Nietenlederjacke paßte. Und ebenfalls kein Wunder, daß die Waage bei ihm inzwischen hundertzwanzig Kilo statt wie sonst neunzig anzeigte. Kurzum, ich kam zu dem Schluß, daß ich seinem körperlichen Niedergang nicht einfach tatenlos zusehen konnte. Zumal mir klar war, daß Anselm so, von einem Tag auf den andern, kaum in der Lage wäre, jener Maschine einen Ton zu entlocken. Vielleicht würde es Monate dauern. Womöglich sogar Jahre. Und ein Anselm im Pavarotti-Format würde sich auf vierzig Quadratmetern sicher nicht wohlfühlen.

»Anselm«, versuchte ich ihn deshalb vom Bildschirm wegzulocken. »Was hältst du davon, mich an die Leine zu nehmen und im Stadtpark einen Spaziergang zu machen? Wir könnten den schönen Tag ausnutzen und uns ein Tandem mieten. Oder du wirfst mir einfach ein Stöckchen zu, und ich renne hinterher und bringe es zurück, hole es sogar aus dem Wasser, wenn's sein muß.«

Seine Klauen tippten weiter seltsame Buchstabenreihen in den Computer.

»Wenn du das lieber magst, können wir auch am anderen Ufer auf den Hügeln ein bißchen durch den Wald gehen. Oder die Allee entlang, zum Minigolf. Da gibt es jede Menge Tischtennisplatten, bestimmt hättest du riesig Spaß. Abgesehen davon, daß es uns sehr guttun würde, wenn wir uns mal wieder die Beine vertreten.«

Mit der Linken öffnete er den Kühlschrank, grapschte sich eine Familienpackung Gorgonzola und vertilgte sie mit einem Haps. Mit der Rechten tippte er unterdessen weiter.

»Wir könnten auch ein paar Kilometer joggen.«

Im Weitertippen gab er ein leises, aber deutlich hörbares Rülpsen von sich.

»Erinnerst du dich an damals, als wir in dem großen Park vor den Toren der Stadt waren? Damals hast du gesagt, daß du seit der Zeit im Amazonaswald nicht mehr so viel Grün gesehen hättest, und zwischen den Pinien hast du sogar einer Boa constrictor nachgestellt und bist mit einer Ringelnatter um den Hals zurückgekommen.«

Mit der Linken öffnete er wieder den Kühlschrank. In kürzester Zeit vernichtete er einen Ein-Kilo-Brocken extraalten Parmesankäse, ein Mordsteil, das ich in den nächsten Wochen häppchenweise zu verspeisen gedacht hatte. Mit der Rechten wirbelte er weiter über die Tastatur.

»Und wenn wir das Auto nehmen und zum Ponte del Diavolo fahren würden? Der Spaziergang zum Bach hinunter ist immer wieder schön, und du hörst doch so gern von mir die Geschichte, wie der Teufel um eine Seele wettete, daß er beim Bau dieser Brücke über den Gebirgsfluß mit einem einzigen Bogen auskäme ...«

Da drehte sich Anselm zu mir um und meinte: »Sag mal, siehst du nicht, daß ich zu tun habe?«

NEUFORMATICS

Gestern morgen. Gegen halb acht. Ich stand gerade unter der Dusche.

»AAARRRGGGHHH!!!«

Ein Schrei.

»AAARRRGGGHHH!!!«

Nein. Zwei Schreie.

»AAARRRGGGHHH!!!«

Nein. Drei Schreie. Sie kamen aus der Küche. Ich drehte das Wasser ab, schlüpfte in Bademantel und Latschen, öffnete die Tür und stürzte hinaus. Es wäre nicht das erste Mal gewesen, daß ich Anselm wegen seiner Ungeschicklichkeit ins Krankenhaus hätte fahren müssen: Ich weiß nicht wie, aber wenn er den heißen Tee in seine Tasse gießt, schafft er es immer wieder, sich den Schwanz zu verbrühen.

»Anselm, was ist los?«

»Guck doch! Mein Computer ist kaputt!«

»Woraus schließt du das?«

»Na, das scheint mir doch ziemlich offensichtlich.«

Ich warf einen Blick auf das Gerät. In der Tat: Es qualmte, und aus dem Bildschirm troff eine seltsame gelbe Flüssigkeit.

»Wie hast du das denn angestellt?« fragte ich Anselm.

»Wie ich das angestellt habe? Ganz einfach, erst habe ich auf den Button ›QUALM‹ gedrückt und dann auf ›GELBE FLÜSSIGKEIT‹.«

»Nicht möglich!«

»Natürlich nicht. Sollte ein Scherz sein. Ich weiß nur, daß ich gerade die Seite www.technoameisenbärenerhebteuch.org aufrufen wollte, als Wilhelm (auf diesen Namen hatte Anselm seinen Computer getauft) dieses Verhalten an den Tag zu legen begann.«

»Hast du eine Idee, wie man so was repariert?«

»Hast du schon mal einen Ameisenbären einen Computer reparieren sehen?«

»Ehrlich gesagt, nein.«

»Dann ist ja wohl alles gesagt, denke ich.«

»Keine Sorge«, beruhigte ich ihn und ging in mein Zimmer, um mich anzuziehen. »Ich bin sicher, daß sich eine Lösung finden wird.«

Kurz darauf, während ich mir das Hemd zuknöpfte, hatte ich sie auch schon gefunden, wie mir schien. Man ruft einfach bei dem Händler an, bei dem Anselms Papa und Mama das Ding gekauft haben, dachte ich. Bestimmt hat der Computer noch Garantie, und sie übernehmen die Reparatur.

»Kopf hoch, Anselm, betrachte dein Gerät als schon wiederhergestellt«, verkündete ich meinem kybernetischen Crustpunk, der kurz davor war, in Tränen auszubrechen.

Irgendwo trieb ich die Verpackung des Elektronenhirns auf (unglaublich, ich weiß, aber früher hat man die Dinger tatsächlich mal so genannt). Darauf stand die Telefonnummer des Händlers.

»Ganovi & Co. Neuformatics, guten Tag. Kann ich Ihnen behilflich sein?« fragte mich ein Fräulein am anderen Ende der Leitung.

»Das hoffe ich sehr. Vor zwei oder drei Wochen hat mein Freund einen Computer geschenkt bekommen, der bei Ihnen gekauft wurde ...«

»Augenblick, ich verbinde Sie mit der zuständigen Stelle«, unterbrach mich die Signorina und spielte umstandslos ein Gedudel ein.

»Ganovi & Co. Neuformatics, guten Tag. Sie wünschen?« fragte mich eine männliche Stimme nach ein paar Minuten Wartezeit.

»Bin ich bei Ihnen an der zuständigen Stelle?«

»Nein, bei mir sind Sie nicht an der zuständigen Stelle. Da hat man Sie intern falsch verbunden. Einen Augenblick Geduld, Signore.«

Man ließ mir keine Zeit, etwas zu erwidern: Schon erklang das Gedudel wieder. Weitere Minuten vergingen.

»Ganovi & Co. Neuformatics, guten Tag. Kann ich Ihnen behilflich sein?« Es war das Fräulein von eben.

»Ja, schauen Sie, vorhin haben Sie mir gesagt, Sie würden mich mit der zuständigen Stelle verbinden, aber offensichtlich haben Sie sich vertan, denn ...«

»Worum geht es?« unterbrach sie mich.

»Vor etwa zwei oder drei Wochen hat mein Freund einen Computer geschenkt bekommen, der bei Ihnen gekauft wurde ...«

»Ach, ja«, unterbrach mich das Fräulein erneut. »Ich verbinde Sie jetzt mit der zuständigen Stelle.«

Dasselbe Gedudel von eben, nur nerviger. Weitere Minuten verstrichen.

»Ganovi & Co. Neuformatics, guten Tag. Sie wünschen?« fragte eine zweite männliche Stimme.

»Guten Tag, ich rufe an wegen eines Computers, der vor zwei oder drei Wochen bei Ihnen gekauft wurde ...«

»Weiter, weiter«, trieb mich die Stimme zur Eile an.

»Also, nun ist es so, daß er heute morgen angefangen hat zu qualmen, und aus dem Bildschirm trieft eine seltsame gelbe Flüssigkeit ...«

Die Stimme verschwand. An ihre Stelle trat das bekannte Gedudel.

»Ganovi & Co. Neuformatics, guten Tag. Kann ich Ihnen behilflich sein?« Wieder das Fräulein.

»Guten Tag, ich bin Kunde bei Ihnen. Ich rufe an wegen eines Computers, der vor zwei oder drei Wochen bei Ihnen gek ...«

»Ja, Augenblick, ich verbinde Sie mit der zuständigen Stelle«, sagte sie zu mir, unbeirrbar. Gedudel. Am liebsten, dachte ich, würde ich jetzt in einen Tarnanzug schlüpfen, ein AK-47 nehmen und so tun, als wäre ich ein amerikanischer Gymnasiast und Ganovi & Co. das Gymnasium.

»Ganovi & Co. Neuformatics, guten Tag. Sie wünschen?« fragte mich eine dritte männliche Stimme.

EINE ZUGREISE

Es hat eine ganze Woche gedauert, doch schließlich haben Anselm und ich den Schlüsselbegriff der Informatik gelernt: *Festplatte*. Die Festplatte ist das Superhirn, das sich in jedem Computer verbirgt, von *Ihr* empfängt der Computer sein Leben, *Sie* ist der Schutzgott all seines Tuns. Und wenn die Festplatte kaputtgeht, dann steckt der Karren im Dreck. Das Problem mit der Festplatte ist, daß niemand einem irgendwas Genaues über die Festplatte sagen kann. Alle deuten nur vage an, so wie Ärzte angesichts schwerer Erkrankungen. Hm, schwer zu sagen, müßte man sich mal anschauen, mal aufmachen, gucken, ob noch was zu retten ist ... Jedenfalls gilt für die Festplatte nicht, was auf den ärztlichen Bereitschaftsdienst zutrifft: Sie läßt sich nicht per Telefon heilen. Man muß sie persönlich zur Untersuchung zu einem Spezialisten bringen. Und nicht selten gibt es in der eigenen Stadt keinen Spezialisten. Weshalb man den ganzen Computer irgendwohin schikken muß.

»Nein, nein und nochmal nein.«

»Anselm, sei doch vernünftig.«

»Kommt nicht in die Tüte. Vergiß es.«

»Man ruft einen Kurier und polstert ihn gut aus (den

Computer, nicht den Kurier), damit er wohlbehalten ankommt, und die untersuchen ihn dann und machen die Festplatte wieder ganz, und dann schicken sie ihn uns zurück und das ist alles.«

»Aber schon wenn du nur ein Buch verschickst, weißt du nie, ob und in welchem Zustand es ankommt, wie soll das dann erst bei einem Computer wie meinem Wilhelm sein?«

»Und was willst du dann tun?«

»Wir begleiten ihn. Ich habe keineswegs vor, ihn allein zu lassen.«

»Anselm, denk dran, er ist kein Kind ...«

»Selbstverständlich nicht. Er ist sehr viel zarter und sensibler und schutzloser als ein Kind: Er ist ein Computer, bei dem die Festplatte kaputtgegangen ist, ist dir das klar? Er ist praktisch ein Waisenkind.«

Aussichtslos.

»Und eine solche Strecke werden wir ja wohl kaum mit dem Auto fahren«, fügte er hinzu.

»Ach nein?«

»Nein, mein Herr. Wir nehmen den Zug. Ich möchte Wilhelm nicht dem Risiko des Autobahnverkehrs aussetzen. Ist dir eigentlich bewußt, wie viele Unfälle ihr Italiener jährlich baut?«

Also taten wir so, als wüßten wir nichts von den Berechnungen über die Wahrscheinlichkeit, mit der italienischen Eisenbahn zu verunglücken, und bestiegen einen Zug: Anselm, Wilhelm und ich. Anselm mit seinem Irokesenkamm, Wilhelm gut ausgepolstert, ich an der Hundeleine. Auf der Hinfahrt fanden wir problemlos einen Platz.

Das Abteil war verdreckt, das stimmt, die Klimaanlage funktionierte nicht, die Toilette war unbenutzbar, der Fußboden war mit Papier übersät, die Sitze hatten eine unbeschreibliche Farbe und waren schrecklich klebrig, aber alles andere funktionierte tadellos, genau wie in der Fernsehwerbung der italienischen Staatsbahnen.

Nach unserer Ankunft nahmen wir ein Taxi zum Hauptsitz von Ganovi & Co. Neuformatics und ließen Wilhelm dort zurück (Anselm weinte). Anschließend fuhren wir

mit einem zweiten Taxi zurück zum Hauptbahnhof, wo wir versuchten, einen Sitzplatz für die Heimfahrt zu ergattern: zwanzig Waggons, die von einer exorbitanten Pendlerschar gestürmt wurden. Der erste Waggon war besetzt. Der zweite Waggon war besetzt. Der dritte Waggon war besetzt. Der vierte Waggon war besetzt. Der fünfte Waggon war besetzt. Aus Platzgründen schreibe ich hier nur noch, daß der zwanzigste Waggon besetzt war: Malt euch selbst aus, wie es sich mit dem sechsten bis neunzehnten

Waggon verhielt. Ab dem fünfzehnten begannen sich die Fahrgäste zudem auf den Gängen zu drängen. Es muß hinzugefügt werden, daß die Waggons verdreckt waren, die Klimaanlage nicht funktionierte, die Toiletten unbenutzbar waren, der Fußboden mit Papier übersät war, die Sitze eine unbeschreibliche Farbe hatten und schrecklich klebrig waren. Aber alles andere funktionierte tadellos, genau wie in der Fernsehwerbung der italienischen Staatsbahnen.

Im letzten Vorraum vor der Lokomotive drängten Anselm und ich uns zusammen mit sechs bis sieben Pendlern und ein paar Afrikanerinnen, von denen eine zu ihrer Freundin meinte:

»Also, Zugfahren in Italien ist schlimmer als in der dritten Welt.«

Keiner der Anwesenden gab einen Kommentar dazu ab. An der ersten Station stiegen viele Pendler aus. Sie wurden sofort durch eine gleich große Anzahl neuer Reisender ersetzt. Dieselbe Szene wiederholte sich an den folgenden Stationen.

Am vorletzten Bahnhof wurden ein paar Plätze frei, so daß Anselm und ich auf dem letzten Streckenabschnitt sitzen konnten. Die Inneneinrichtung des Waggons schien mindestens zwanzig Jahre Verwahrlosung auf dem Buckel zu haben. Eine Müllkippe auf Eisenbahnrädern.

»Also, ihr Menschen seid wirklich ganz schön mutig, uns Tiere zu nennen«, meinte Anselm zu mir.

Ich wollte etwas erwidern, doch er unterbrach mich.

»Und komm mir bitte nicht mit dem Spruch, ihr könntet

uns schließlich nicht Mineralien oder Pflanzen nennen, der ist nämlich von mir.«

Mit feuchtglänzenden Augen blickte er nach draußen.

»Mein armer Wilhelm, liebes Computerchen. Wie mag es dir wohl ergehen?«

Orientierungslos & durcheinander

Gestern bekamen wir Bescheid, daß das Ersetzen von Wilhelms Festplatte (Wilhelm ist Anselms Computer) gleich viel wie ein neuer kosten würde. Mein Freund warf einen Blick auf sein Börsengeld beziehungsweise in das Portemonnaie auf dem Nachttisch in seinem Zimmer.

»Die Kurse stagnieren. Es hat sich nicht viel Mehrwert eingestellt«, vertraute er mir an.

»Wenn du willst, kann ich dir etwas leihen«, bot ich ihm an.

»Nein, danke ... Weißt du, ich hatte Wilhelm liebgewonnen, ich will mir nicht einfach so einen neuen Computer kaufen, gleich nach seinem Dahinscheiden ...«

Er wirkte ehrlich gerührt.

»Und außerdem«, fuhr er fort, »wie kann ich ernsthaft so tun, als würde ich Technomusik machen? Ich weiß ja gar nicht, was Technomusik ist. Bevor ich sie komponiere, sollte ich wenigstens mal ein bißchen reingehört haben. Im Moment kann ich mit einem Computer nichts anfangen.«

Ein wenig überrascht fragte ich mich, welches wohl sein nächster Schritt sein würde. Ich mußte nicht allzulange warten, bis ich es erfuhr.

»Wir Crustpunks, mußt du wissen«, verkündete er mir um halb ein Uhr mittags, vor sich einen Teller Bismarckspargel, »sind ständig auf Achse. Wie die Nomaden, immer unterwegs. Das ist es, was ich als Erwachsener tun will: nie stehenbleiben.«

»Kein übles Programm«, stimmte ich zu. »Aber wie willst du es umsetzen?«

»Oh, ganz einfach. Um sich fortzubewegen, braucht es nicht viel. Zwei Pfoten und ein Paar Schuhe genügen. Ich muß mich nur erst mal ein bißchen mit der Vorstellung anfreunden ... Wie soll ich mich ausdrücken? Mich daran gewöhnen. Ein bißchen üben.«

»Und was bedeutet das konkret?«

»Hm, für den Anfang könnte ich, sagen wir, zu Fuß bis zum Stadtrand gehen.«

»Hervorragende Idee. Dann verlierst du auch all die Kilos, die du zugelegt hast, als du vierundzwanzig Stunden am Tag vor dem Bildschirm geklebt hast, und mußt nicht wieder vergebliche Versuche unternehmen, ein Schwimmbad zu betreten. Aber ruf an, wenn du dich verläufst, dann hole ich dich mit dem Käfer ab. Einverstanden?«

»Keine Sorge. Wird nicht nötig sein.«

Fünf, sechs Stunden später korrigierte ich gerade die Rohfassung von Anselms neuesten Abenteuern, als das Klingeln ertönte, das ich befürchtet hatte.

»Sag, wo du steckst, Anselm.«

»Nein, sagen lieber Sie uns, wo Sie sind, dann liefern wir ihn ab. Hier ist der Streifenwagen Nummer XY. Dieses Ding, ja, also Ihr Freund, wurde von einem Bauern gefunden, er halluzinierte ... Der Mann brachte ihn zu uns, und wir wollten wie üblich seine Personalien feststellen, als einem Kollegen auffiel, daß auf seinem Hintern eine Katzenfelltasche aufgenäht ist… So haben wir seine Brieftasche mit den Papieren gefunden und sind auf die Wohnadresse gestoßen.«

»Ah, gut. Bedenken Sie bitte, er ist zwar ein Crustpunk-Ameisenbär und wiegt über zwei Zentner, aber er ist trotzdem ein guter Junge, vielleicht ein bißchen überempfindlich, nun ja…«

»Und zweifellos verbringt er einen Großteil seiner Freizeit vor dem Fernseher: Seit wir ihn in Verwahrung haben, nennt er mich und meinen Kollegen nämlich nur noch Columbo und Derrick. Aber seien Sie unbesorgt, wir haben ihn nur ins Auto gesetzt, ansonsten hat es nichts gesetzt…«

Zwanzig Minuten später war Anselm wieder zu Hause, unversehrt, zum Glück.

»Darf man vielleicht mal erfahren, wo du warst, Anselm?« fragte ich ihn unverzüglich.

»Und du, darf man vielleicht mal erfahren, wieso du mir die gleiche Frage stellst wie die Mütter ihren Kindern in der Fernsehwerbung?«

Hm, sagte ich mir, offenbar will er nicht reden. Tatsächlich schloß er sich wortlos in sein Zimmer ein. Kurz darauf drangen aus den Boxen seiner Anlage die Klänge von ›*Mi ritorni in mente*‹. Eieieieiei, dachte ich bei mir, ich glaube fast, hier haben wir es mit einer voll entwickelten spätpubertären Krise zu tun. Von Lucio Battisti wechselte er zu ›*Heart Shaped Box*‹ von Nirvana und von dort zu ›*Air*‹ und der Filmmusik von ›*Virgins Suicides*‹. Auch Crustpunks haben ein Herz, sagte ich mir, und Anselms blutet momentan.

Am liebsten wäre ich in sein Zimmer gegangen und hätte mit ihm geredet. Ich hätte ihm gern gesagt, daß ich dasselbe durchgemacht hatte und ihn verstand. Ich hätte gern dazu beigetragen, daß es ihm besserging, daß er sich beruhigte und sich bewußt wurde, daß sowohl seine Eltern als auch ich ihn sehr gern hatten. Ja, daß wir ihn liebten. Aber ich erinnerte mich daran, daß man, wenn man sich so fühlt, wie er sich in diesem Augenblick fühlte, zu nichts anderem Lust hat als allein in seinem Zimmer zu sein und ein bißchen Musik zu hören. Besser gesagt, man hat zu so vielen Dingen Lust, daß man nicht weiß, wo man anfangen soll oder wie man sie bekommen kann, und da ist Musik die einzige Medizin. Anselm wird erwachsen, sagte ich mir, und er weiß nicht recht, welchen Weg er einschlagen soll. Deshalb ist er in letzter Zeit so durcheinander. Hoffen wir, daß sich für ihn bald alles zum Guten wendet.

TECHNO TECHNO TECHNO

Höhen und Tiefen, Höhen und Tiefen, Höhen und Tiefen. Anselms ständige Stimmungsschwankungen. Einfach so, ohne erkennbares Motiv. Neulich nacht zum Beispiel. Gegen drei Uhr morgens. Ein BUM BUM BUM, das das ganze Haus erschütterte, weckte mich ausgerechnet, als ich gerade träumte, ich läge auf Goa an einem weißen Strand am Arabischen Meer, umgeben von zwanzig wunderschönen Oben-ohne-Mädchen ... Dem Heidenlärm nach zu urteilen, hatte jemand im Erdgeschoß eine Druckerei eröffnet. Doch der Rhythmus des BUM BUM BUM ging praktisch ohne Unterbrechung, obsessiv, hyperschnell. Bei einem solchen Krach und wenn derart die Wände wackeln, wird nicht mal Anselm schlafen können, überlegte ich. Um mich dessen zu vergewissern, stand ich auf und warf einen Blick in sein Zimmer. Die Tür war nur angelehnt. Er schnarchte nicht ... Wie denn auch? Anselm lag gar nicht in seinem Bett. Sofort sah ich im Badezimmer, im Wohnzimmer, in der Küche, unterm Tisch, im Kühlschrank, in der Abstellkammer und auf beiden Balkonen nach. Nichts, er war verschwunden. Vielleicht, sagte ich mir, hat er wegen des BUM BUM BUMs beschlossen, einen kleinen Spaziergang zu machen. Ich blickte auf die Straße.

Fehlanzeige. Kein Crustpunk-Ameisenbär weit und breit zu sehen, weder zur einen Seite noch zur andern. In der Wohnung unter uns brannte auch Licht. Offenbar hatte das BUM BUM BUM nicht nur uns geweckt. Na gut, sagte ich mir, sinnlos, wieder einschlafen zu wollen. Zumal Anselms Verschwinden mir bestimmt nicht geholfen hätte, nach Goa zurückzukehren, an jenen Strand zu den bezaubernden Mädchen. Deshalb nahm ich das ›Wörterbuch der Gemeinplätze‹ aus dem Bücherregal und begann zu lesen: »ROTE. Siehe BLONDINEN, BRÜNETTE, WEISSE und NEGERINNEN.«

Da klingelte es an der Tür. Das ist bestimmt Anselm, stellte ich mir vor, und wie immer hat er keinen Schlüssel dabei. Voller Wiedersehensfreude ging ich zur Tür und öffnete. Doch auf dem Treppenabsatz stand nicht Anselm, sondern etwas, das aussah wie eine Abordnung der Hausgemeinschaft.

»Ah, gut«, sagte eine Signora zu mir. »Wie ich sehe, gelingt es nicht mal Ihnen, bei diesem BUM BUM BUM ein Auge zuzumachen!«

»In der Tat ...«, antwortete ich.

»Wir haben herausgefunden, woher das BUM BUM BUM kommt«, fügte ein Signore hinzu.

»Und woher kommt das BUM BUM BUM?« fragte ich.

»Aus Ihrem Keller!« rief ein dritter.

»Sind Sie sicher?«

»Wenn Sie mit nach unten kommen und sich selbst überzeugen wollen ...«

Ich zog Schuhe und Bluejeans an (erst die Bluejeans, dann die Schuhe) und stürzte gemeinsam mit der Abordnung der Hausgemeinschaft die Treppe hinunter. Mit jeder Stufe wurde das BUM BUM BUM lauter. Und als wir die Tür des Raums öffneten, von dem die Keller abgehen, mußte ich mir fast die Ohren zuhalten: Das BUM BUM BUM war fast unerträglich laut.

»DA, HÖREN SIE DAS?« brüllte mich die Signora von eben an.

»NATÜRLICH HÖRE ICH DAS!« brüllte ich zurück.

»SEHEN SIE HER, SOGAR DIE WÄNDE WACKELN!« brüllte der Dritte.

Ich sah hin: Die Wände wackelten wirklich.

»DAS BUM BUM BUM KOMMT GENAU AUS IHREM KELLER!« brüllten alle drei im Chor.

Ich wollte es zwar nicht glauben, aber es war aussichtslos, abzustreiten, was offensichtlich war. Das BUM BUM BUM kam genau von dort.

»ICH WÜRDE GERN ERFAHREN, WAS SIE DA DRIN HABEN IN IHREM KELLER!« brüllte mir die Signora ins linke Ohr.

»JA, DAS MÖCHTE ICH AUCH WISSEN!« brüllte mir der Signore ins rechte Ohr.

»UND ICH AUCH!« brüllte mir der Dritte ins Gesicht.

»WIR ALLE MÖCHTEN WISSEN, WAS SIE DA DRIN HABEN IN IHREM KELLER!« brüllten mich die drei im Chor an.

Was mich betraf, so muß ich zugeben, daß ich bereits fürchtete, zu wissen, was sich in meinem Keller befand. Dennoch täuschte ich meinerseits große Neugier vor.

»SELBST ICH MÖCHTE WISSEN, WAS ICH DA DRIN HABE IN MEINEM KELLER!« schrie ich deshalb den dreien und der kleinen Schar von Mietern zu, die sich inzwischen hinter ihnen zusammengerottet hatte.

Vorsichtig näherte ich mich der Tür meines Kellers. Vorsichtig folgte mir die Abordnung der Hausgemeinschaft. Klopfen wäre sinnlos gewesen. Während ich betete, daß ich mich irrte, riß ich die Tür auf. Ich irrte mich nicht.

Anselm hatte die Stereoanlage nach unten getragen. Wie ein Irrer tanzte er zum Technosound.

Komitees

Erst wollte ich es nicht glauben. Das ist nicht möglich, dachte ich, das muß ein Scherz sein. Dann jedoch mußte ich mich ins Offensichtliche fügen. Alles begann am Morgen nach Anselms Raveparty im Keller, glaube ich. Ein paar Tage später sah ich auf der Straße das erste Spruchband, aufgespannt zwischen zwei Balkonen unseres Blocks. AMEISENBÄREN RAUS AUS UNSEREM VIERTEL! stand in riesigen roten Buchstaben darauf. Am Nachmittag tauchte ein weiteres auf, genau gegenüber unserem Fenster: FÜR EINE SAUBERE UND SICHERE STADT, RUNTER MIT DEN AMEISENBÄREN VON UNSEREN STRASSEN! Dann ein drittes, angebracht am Balkon unter uns: ITALIEN DEN ITALIENERN, AMEISENBÄREN NACH AMEISENBÄRIEN! Als ich am nächsten Morgen Brot kaufen ging, war die Straße ein einziges Spruchband. Es ging los mit dem banalen AMEISENBÄREN NEIN DANKE! und weiter über das klassische AMEISENBÄRI GO HOME! zum bekannten AMEISENBÄREN LECKT UNS AM A...H (erratet selbst die fehlenden Buchstaben) bis zum traditionellen WIR HABEN GENUG – GRENZEN DICHT FÜR AMEISENBÄREN! Es gab auch ein fast historisches Zitat: WIR VERMIETEN NICHT AN AMEISENBÄREN! Und, von unbekannter Hand auf die Wand gesprüht, fehlte auch nicht das AMEISENBÄREN AB IN DEN OFEN! Hier und da hatte jemand kleine Plakate an die Wände geklebt, die in Blockbuchstaben verkündeten:

MITBÜRGER UND MITMIETER, ERWACHET! WOLLT IHR, DASS EURE PLÄTZE IN NAHER ZUKUNFT ZU AMEISENBÄRENCAMPS WERDEN? WOLLT IHR, DASS UNSERE TÖCHTER SICH MIT AMEISENBÄREN VERLOBEN ODER GAR WELCHE HEIRATEN? WOLLT IHR, DASS DIESE STADT DEN AMEISENBÄREN IN DIE PFOTEN FÄLLT? NEIN? DANN ERHEBT EURE STIMME, STEHT AUF! AMEISENBÄREN SIND TIERE! AMEISENBÄREN SIND VON KOPF BIS FUSS MIT FELL BEDECKT! AMEISENBÄREN HABEN EINE UNHEIMLICH LANGE NASE UND EINEN SCHWANZ! SELBST WENN SIE SICH WIE WIR ANZIEHEN UND WIE WIR SPRECHEN – AMEISENBÄREN SIND NICHT WIE WIR! ES IST ZEIT, SCHLUSS ZU MACHEN! SCHLUSS MIT DEN AMEISENBÄREN, DIE UNSERE STADT ÜBERSCHWEMMEN! SCHLUSS MIT DEN AMEISENBÄREN, DIE EINEN DSCHUNGEL AUS UNSERER STADT MACHEN! SCHLUSS MIT DEN AMEISENBÄREN, DIESEN VERBRECHERN, DIESEN TERRORISTEN, DIESEN DROGENDEALERN, DIESEN FIXERN! LASST UNS GEMEINSAM EIN ZEICHEN DES BÜRGERSINNS SETZEN! KOMMT AM DONNERSTAG ABEND ALLE GESCHLOSSEN ZUM FACKELZUG GEGEN DIE AMEISENBÄREN!

DAS KOMITEE DER STADTVIERTEL
GEGEN AMEISENBÄREN

Ich ging gar nicht erst zum Bäcker. Mir war der Appetit vergangen. Zu Hause besprühte Anselm gerade ahnungslos die Pflanzen (nach der Nacht im Keller hatte er mich lediglich um Verzeihung gebeten und sich dann in Nietzsches ›Menschliches – Allzumenschliches‹ vertieft).

»Nach dem Mittagessen könnten wir doch eigentlich einen Spaziergang machen. Hast du Lust?« fragte er mich mit einem Lächeln.

»Ich weiß nicht, ob das so eine gute Idee ist, Anselm«.

»Wieso? Die Sonne scheint, und seit ich neulich nacht mit meinem kleinen Rave versucht habe herauszufinden, was Techno ist, bin ich nicht mehr draußen gewesen. Ich habe Lust auf ein Eis.«

»Unsere Lieblingseisdiele macht zur Zeit Betriebsferien«, log ich. »Und ich hab ziemlich viel zu tun, ich habe keine Zeit für einen Spaziergang. Und du ... Du hast noch nicht die Erlaubnis, allein herumzulaufen, nach allem, was du angestellt hast.«

Er sah mich mit großen, feuchten Augen an.

»Du hast recht. Ich war wirklich ungezogen. Dann lese ich heute nachmittag eben ›Ulysses‹ von James Joyce.«

»Was ist heute eigentlich für ein Tag, Anselm?«

»Heute ist Donnerstag, haben sie vorhin im Fernsehen gesagt.«

»Aha. Dann geh heute abend lieber früh zu Bett, und stopfe dir Wachspfropfen in die Ohren. Unten auf der Straße wird es ein Feuerwerk geben, und du erschreckst dich doch immer bei der Knallerei, erinnerst du dich?«

»Ja, das jagt mir wirklich ein bißchen Angst ein, ich weiß auch nicht genau, warum.«

»Dann tu, was ich dir gesagt habe. Du machst eine schwierige Phase durch, und ich möchte nicht, daß du dich zusätzlich aufregst.«

»Einverstanden.«

Um halb acht waren wir mit dem Abendessen fertig. Er wusch sich, stopfte sich Wachspfropfen in die Ohren und legte sich schlafen. Ich wartete, bis ich ihn schnarchen hörte, dann atmete ich erleichtert auf. Anselm ist so empfindlich, sagte ich mir, er darf nichts davon mitbekommen.

Um neun bevölkerte ein wahrer Menschenstrom die Straße. Obwohl es noch nicht ganz dunkel war, hielten alle brennende Fackeln in der Hand.

»AMEISENBÄREN RAUS AUS UNSEREN HÄUSERN!« schrien sie im Chor, »KEINE AMEISENBÄREN MEHR IN UNSEREM VIERTEL!«

Stundenlang zogen die Menschen vorbei und brüllten. Ich lief zwischen Balkon und Anselms Zimmer hin und her, um mich zu vergewissern, daß er weiterschnarchte. Zum Glück hat mein Freund seit jeher einen gesegneten Schlaf. Ringsherum verschwanden die Fackeln und Sprechchöre. Vielleicht ist es ja nur ein böser Traum, dachte ich, als ich mich schließlich selbst schlafen legte. Schön wär's gewesen.

Tschüss Anselm

»Komm schon, Anselm, vertrau mir. Ich verbinde dir die Augen und bringe dich an einen schönen Ort. Aber es ist eine Überraschung. Mehr kann ich dir nicht verraten.«

»Eine Überraschung? Was für eine Überraschung?«

»Du benimmst dich wie ein kleines Kind. Wenn ich es dir verrate, wo bleibt denn dann die Überraschung?«

Er nickte, und schließlich gestattete er mir, daß ich ihm die Augen verband. Auf verschiedenerlei Weise hatte ich ihn in den vergangenen Tagen in der Wohnung festgehalten und verhindert, daß er aus dem Fenster sah. Um ihn zu beschäftigen, hatte ich ihm sogar eine Playstation geschenkt. Er sollte nicht mitbekommen, welch häßliche Wendung die Dinge genommen hatten. Anselm hätte die Belastung durch all diese Spruchbänder, all diese Plakate, all dieses Geschrei unter unserem Balkon nicht ertragen. Ich schenkte ihm sogar meinen alten Walkman, seit jeher Objekt seiner Begierde. Und zum Glück gefiel ihm das Geschenk so sehr, daß er die Kopfhörer die meiste Zeit über aufbehielt und alte Kassetten von Mano Negra hörte.

Irgendwann jedoch beschloß ich, daß für Anselm die Zeit gekommen war, fortzugehen. Wenn er sich zurückgewiesen gefühlt hätte, wäre er imstande gewesen, die

Schuld bei sich zu suchen, weil er eine lange Nase und einen Schwanz hatte. Ich mußte zugeben, daß er richtig lag. Instinktiv wußte er, daß seine Andersartigkeit, seine Plumpheit und Behaartheit in der Öffentlichkeit Mißtrauen, Spott, sogar Haß hervorrufen konnte; womöglich, wie geschehen, aus läppischem Anlaß, wegen einer Nichtigkeit. Tagelang zermarterte ich mir das Hirn darüber, was ich tun sollte. Mit seinem Fortgang hätte das »Komitee der Stadtviertel gegen Ameisenbären« gesiegt. Doch in den letzten Wochen hatte Anselm mir auch mehrfach zu verstehen gegeben, daß es an diesem Punkt seiner Existenz sein größter Traum war, zu reisen und neue Menschen und Länder kennenzulernen. Deshalb folgerte ich daraus, daß es sich nicht um Flucht handelte, sondern um seine Entscheidung: um so mehr, als er von der Feindseligkeit, die ihn seit neuestem umgab, gar nichts mitbekommen hatte.

So verband ich ihm also die Augen, kämmte ordentlich seinen schönen quietschgrünen Irokesenkamm, und dann schlichen wir ganz, ganz leise die Treppe hinunter. In der einen Hand trug ich seinen Rucksack, mit der anderen hielt ich seine Pfote. Zum Glück war kein Mensch auf der Straße. Nur die Plakate und Spruchbänder warteten auf ihn, aber er konnte sie ja nicht sehen, und deshalb war es fast so, als wären sie gar nicht da.

Ich verstaute den Rucksack im Kofferraum meines VW Käfer und ließ Anselm auf der Rückbank Platz nehmen, damit er nicht so ins Auge fiel.

»Bitte sehr, der Herr, machen Sie es sich bequem«, witzelte ich. »Ich stelle schon mal die Uhr an.«

Während ich zum Flughafen fuhr, dachte ich an die schönen Momente zurück, die ich in den letzten Monaten mit Anselm erlebt hatte. Im Grunde hatte es mir großen Spaß gemacht, das Tier des Crustpunks zu spielen und mich an der Leine führen zu lassen. Und es war wunderschön gewesen, ihm beim Tanzen zuzuschauen, im letzten Winter, in der Disko. Gemeinsam hatten wir viele Spaziergänge gemacht. Über Straßen und Plätze, durch Gärten und Parks. Ich wußte jetzt schon, daß er mir fehlen würde.

»Was ist denn jetzt mit dieser Überraschung?« unterbrach er meine Gedanken.

»He, Anselm, wart's ab, noch ein paar Minuten, und deine Neugier wird befriedigt.«

Kurz darauf fuhr ich von der Ringautobahn ab, betätigte den Blinker, um anzuzeigen, daß ich rechts abbog, lenkte den Wagen in Richtung ABFLUG und parkte dann in einem gebührenpflichtigen Parkhaus. Hierauf stieg ich aus, öffnete die Tür auf Anselms Seite und half ihm heraus.

»Komm, Anselm, gib mir deine Pfote«, sagte ich, nachdem ich seinen Rucksack aus dem Kofferraum geholt hatte.

Willig gab er sie mir. Wir verließen das Parkhaus, gingen über den Zebrastreifen, betraten durch die Drehtür das Flughafengebäude. Und hier nahm ich ihm die Binde ab.

»He, wieso hast du mich hierhergebracht?« fragte er erstaunt. »Es steht doch gar keine Reise auf dem Programm.«

»Auf meinem nicht.« Ich lächelte ihn an. »Aber auf deinem schon. Du fliegst mit diesem Ticket.«

Ich zeigte ihm das Viereck aus Papier.

»Aber wohin denn nur?«

»Auf eine schöne Weltreise. Was dir unter anderem erlaubt, WTO-Gipfeln hinterherzujagen statt Tauben. Wolltest du das nicht immer?«

Verwirrt sah er mich an.

»Hm, schon, aber so ein Geschenk hätte ich wirklich nicht erwartet... Und außerdem möchte ich dich nicht allein lassen ... Warum kommst du nicht mit?«

»Anselm, du weißt doch, daß ich zu schreiben habe. Mir tut es auch leid, daß du fliegst. Aber du bist jetzt erwachsen, und wenn es das ist, was du in deinem Innersten tun möchtest, dann mußt du es tun. In der Rucksacktasche sind Travellerschecks und Bargeld. Und falls du etwas brauchen solltest, überleg nicht lange und ruf an. Immerhin hast du Abitur, du sprichst vier Sprachen, und viel intelligenter als jeder dahergelaufene *Homo sapiens* bist du allemal. Deshalb bin ich sicher, daß du dich zurechtfinden wirst.«

Meinem Freund standen die Tränen in den Augen. Und wenn wir schon dabei sind: Mir ebenfalls.

»Ich bin so glücklich, daß ich fahre ... Ich werde Natascha und Aljoscha besuchen ... Und doch bin ich auch sehr traurig ...«

»Wenn du erst mal im Flugzeug sitzt, geht es besser, wart's ab.«

Wir umarmten uns. Langsam pendelnd wie immer ging Anselm zum Check-in-Schalter. Dann drehte er sich um. Auf seinem T-Shirt las ich RULED BY NONE. Mit einem Lächeln rief er:

»Falls du sie triffst, grüß Micol von mir, ich verlaß mich drauf!«

DEKALOG

Ich gestehe, daß es mir nach seiner Abreise sehr schwer fiel, nach Hause zu fahren. Was für ein Zuhause war das, ohne Anselm?

In den ersten Tagen hatte ich nicht einmal den Mut, die Tür zu seinem Zimmer zu öffnen. Als könnte er, solange ich es nicht tat, noch darin sein, zu wütend oder traurig, um mit einem seiner kleinen Abenteuer herauszukommen, oder vielleicht wieder im Hungerstreik wie damals wegen der russischen Kinder.

Dann wurde mir bewußt, daß es so nicht weitergehen konnte. Nach zehn Jahren war mein Freund Anselm fortgegangen, und wer weiß, ob er jemals wieder zurückkehren würde. Also faßte ich mir schließlich ein Herz und betrat sein Zimmer.

Viel war nicht zurückgeblieben. Die eine oder andere leere Dose Ameisenmarmelade, die blaue Jacke mit den goldenen Knöpfen und die Krawatten, die er nicht mehr umband, seit er Crustpunk geworden war, die Bluejeans, in die er nie hineingepaßt hatte. Alles Dinge, die ich ihm nicht in den Rucksack gepackt hatte, damit er nicht zuviel Ballast mit sich herumschleppen mußte. Hinter dem Bett, neben einem Poster der brasilianischen Fußballnationalmannschaft mit Tesafilm an die Wand geklebt, hing ein Blatt aus einem Schulheft. Darauf stand:

<u>DIE ZEHN GEBOTE EINES GUTEN AMEISENBÄREN</u>
LÜGE NIEMALS, AUSSER ES MUSS SEIN.
STEH MORGENS NICHT ZU SPÄT AUF.
FRISS KEINE ANDEREN TIERE.
LIES VIELE BÜCHER.
GUCK WENIGER FERNSEHEN.
WIRF KEINEN DRECK AUF DIE STRASSE.
TU, WAS DU FÜR RICHTIG HÄLTST, UND NICHT, WAS DIE ANDEREN VON DIR VERLANGEN.
HANDELE SO, DASS DU WÜNSCHEN KANNST, NOCH EINMAL ZU LEBEN.
HAB KEINE ANGST VOR DER ZUKUNFT, ES HÄNGT VON DIR AB, WIE SIE SEIN WIRD.
GIB NIEMALS AUF.

Der gute alte Anselm, dachte ich. Hoffen wir, daß er durchhält. Daß er findet, wonach er sucht. Und daß er mir ab und zu mal schreibt.

INHALTSVERZEICHNIS